中华文化
新读

兴于微言

小词中的士人修养

叶嘉莹 著

四川人民出版社

图书在版编目（CIP）数据

兴于微言：小词中的士人修养 / 叶嘉莹著. — 成都：四川人民出版社，2021.11（2025.3重印）

ISBN 978-7-220-12406-8

Ⅰ.①兴… Ⅱ.①叶… Ⅲ.①词(文学)-诗歌欣赏-中国-古代②词(文学)-诗歌欣赏-中国-近现代 Ⅳ.①I207.23

中国版本图书馆CIP数据核字（2021）第166553号

XINGYUWEIYAN XIAOCIZHONGDESHIRENXIUYANG

兴于微言：小词中的士人修养

叶嘉莹 著

出 版 人	黄立新
责任编辑	王其进
特约编辑	黄 昕
封面设计	蔡立国
内文设计	毕梦博
内文排版	吴 磊
责任印制	祝 健
出版发行	四川人民出版社（成都三色路238号）
网 址	http://www.scpph.com
E-mail	scrmcbs@sina.com
新浪微博	@四川人民出版社
微信公众号	四川人民出版社
发行部业务电话	（028）86361653　86361656
防盗版举报电话	（028）86361653
印 刷	成都国图广告印务有限公司
成品尺寸	130mm×200mm
印 张	8.5
字 数	135千
版 次	2021年11月第1版
印 次	2025年3月第4次印刷
书 号	ISBN 978-7-220-12406-8
定 价	62.00元

图书策划：活字文化

■版权所有·侵权必究

本书若出现印装质量问题，请与我社发行部联系调换

电话：（028）86361656

目录

一 词意抉隐：
探求苏辛二家两首小词之微意

东坡之《水龙吟》（似花还似非花） 003
稼轩之《青玉案》（东风夜放花千树） 020
选择这两首词评说的缘由 026

二 辛弃疾：
从西方意识批评文论谈其词一本万殊的成就

西方意识批评文论浅析 031
稼轩词的一本万殊 038

三 张惠言：
《水调歌头·春日赋示杨生子掞》五首中的
儒家修养

勉励学生之作 061

张惠言的词学观点	065
《水调歌头》之一	067
《水调歌头》之二	077
《水调歌头》之三	085
《水调歌头》之四	094
《水调歌头》之五	098

四 陈曾寿：《八声甘州》与《浣溪沙》中雷峰塔的故事

诗词比兴之托意	108
陈曾寿其人	119
两首关于雷峰塔的小词	124

五 吕碧城：五首词作中所折射的独立之志

《清平乐·落花》	151
《祝英台近》（缒银瓶）	153
《浣溪沙》（不遇天人不目成）	156
《蝶恋花》（彗尾腾光明月缺）	159

《蝶恋花》（为问闲愁抛尽否） 162
《临江仙》（空记覼孤家难日） 164

（六）沈祖棻：
不让须眉的"学人之词"

词之双重性别与双重语境 172
幼卿与戴复古妻 176
李清照与徐灿 181
秋瑾与吕碧城 190
集大成者沈祖棻 191
别调贺双卿 199

代后记 我心中的诗词家国 203

出版说明 261

词意抉隐：
探求苏辛二家两首小词之微意

在诗词之中，有时候诗里面的意思还能比较直接地说出来，可是词的意思常常幽微隐约地隐藏在里面，从外面不容易看出它真正的意思是什么。

今天我要举两位在中国词史上最有名的作者，苏东坡和辛稼轩。苏东坡的成就是多方面的，不仅在词一方面；而稼轩是一位英雄豪杰。我将举出两首他们的词作为例证，来挖掘一下里面幽微隐约的旨意。

东坡之《水龙吟》（似花还似非花）

在中国词学演进的历史上，苏东坡号称是豪放派的先行人物，因为他写有"大江东去"这类的作品。可是，东坡有一些小词也常常包含一些幽微隐约之深意，只是有时候大家不能够完全体会其中的意思。有一首词就是多年来大家所不能真正理解的，那就是他很有名的一首《水龙吟》。

我前几天在北京给小学的小朋友讲诗，我给他们画图画，我说诗就是"志之所之，在心为志，发言为诗"，你心里面的思想、意念，你把它写出来就是诗了。那么，词为什么叫词呢？词就是 Word，它是 Song Word，是配合流行歌曲歌唱的歌词。《水龙吟》不是诗的题目,不像杜甫的诗《闻官军收河南河北》,这是它的题目。《水龙吟》是个乐曲的牌调,是给这个曲子填写的歌词。

水龙吟·次韵章质夫杨花词

似花还似非花,也无人惜从教坠。抛家傍路,思量却是,无情有思。萦损柔肠,困酣娇眼,欲开还闭。梦随风万里,寻郎去处,又还被、莺呼起。 不恨此花飞尽,恨西园、落红难缀。晓来雨过,遗踪何在?一池萍碎。春色三分,二分尘土,一分流水。细看来不是,杨花点点,是离人泪。

这是一首应和之作,"和"字当作动词的时候念和 hè,应和、唱和。我们的诗词都要押韵,只要同在一个韵部,比如说同在"一东"这个韵部里面,你用"东",他用"风",都在一个韵部,就叫应和之作。现在他说次韵,就是按照原作者押韵的次序来和的。或者也可以叫作步韵,你走一步我也走一步,你用什么字当作韵字,我也用什么字当作韵字。在中国诗词方面,不管你读的是诗还是词,一定要把这首诗或者这首词的声调,把它的高低抑扬的变化读出来,这是第一个要求。

这首词的题目是"次韵章质夫杨花词",杨花就是柳絮。我们说"杨柳""杨柳",其实严格地说起来枝子向上的是杨,枝子垂下来的是柳,我们通称为杨柳。杨柳春天也开花,但是你看不管是海棠、桃花,还是北方的榆叶梅,虽然它们的花期都很短暂,但总会在枝头停留一段时间。只有柳树的花不停留在枝上。它未开之前是一个绿色的小小的蕊,只要一开,那个柳绵、柳絮就被风吹走了。这是一种很特殊的花,有它特别的一种美感。《红楼梦》中他们组织很多诗社,还有柳絮词的诗社,林黛玉写过一首词,其中有一句:"粉堕百花洲,香残燕子楼。一团团、逐队成球。"我前些时候到恭王府去,恭王府是我的母校辅仁大学女校的旧址。以前我们在恭王府上课,教室的门打开,院子里有很多垂杨柳,春天来了,柳絮在院子里真是一团团逐队成球,滚着滚着就滚到我们教室的讲台前面来了。我们讲台前都是滚动的柳絮,这是柳絮,也就是杨花的特色,一开就飘落了。

我们看东坡的这首词,即便只把它当作咏物词来看也是极好,"似花还似非花",一句话就把杨花的特色说出来了。它是花,它是杨柳的花,可是它从来没有鲜红艳紫地烂漫在枝头,它只要一开马上就飞走了,所以它"似花还似非花，也无人惜从教坠"。"教"字念平声，动词的时候念 jiāo，名词的时候念 jiào。"惜"字是入声字，要读得短促。桃花、梅花有人爱惜。花开的时候，你折一枝放在你的花瓶里，"轻风吹到胆瓶梅"，这是纳兰成德《饮水词》中的词句，折一枝梅花放在我的胆瓶里，有人爱惜。可是，杨柳的花一开就被风吹走了，也无人惜从教坠，任凭它飘落。别的花有人爱惜，像李后主《相见欢》里写"林花谢了春红，太匆匆"，说花的短暂，不能在枝头上停留。

那么，飘落了以后，坠落了以后，柳花的生活是什么样呢？"抛家傍路"，苏东坡写得非常好，柳花一开就被风吹落了，随风飘舞，离开了它的家，离开了它的那棵树。凡是花都是会枯萎的，会零落的，但是每种花的零落却不一样。像我温哥华家里的那棵茶花，它就不落，你就看到它的颜色慢慢枯干憔悴，然后就萎缩在枝头。你也看到过莲花、荷花，那么大的花瓣一片一片地落下来。你也看到过樱花，一阵风吹过来，是"风飘万点"，小小的碎花漫天飞舞。柳花一开就离开了柳树，在墙角，在院子里，像我在辅仁大学读书时看到的那样"抛家傍路"。

"思量却是，无情有思"，第一个思字念平声 sī，是动词，第二个思字念仄声 sì，是名词。"思量"，我们想一想，作为柳絮它应该有一种什么样的感觉呢？它应该是什么样的感情？"无情有思"，柳絮看似无情，它一开就飘落了，可是难道柳絮的内心就没有一点感想吗？所以"思量却是，无情有思"，如果柳絮有情，如果柳絮有知，它该是什么样的感情？"萦损柔肠，困酣娇眼，欲开还闭"，"萦"就是萦绕，绕来绕去，那个柳花就像我在恭王府上课时看到的这么转这么转，一下一下就滚成一团球，小小的碎的杨花滚来滚去，滚成一团球。"萦损柔肠"，如果我们把柳花的这种旋转飞舞看作一个人内心的感情，可以对照秦少游的一句词，"欲见回肠，断尽金炉小篆香"（《减字木兰花》）。我的心里千回百转的感情你看不见，但我有一个形象给你，我的回肠就像是在黄金炉里面的小篆香，小篆香是细细的盘成篆字的香，一寸一寸地就被烧断了，它是千回百转的，它是在黄金炉内的，它现在已经被烧得寸寸成灰，李商隐也说过"一寸相思一寸灰"。柳花、柳絮也有千回百转的柔肠，而且柳絮是随风一直在转，所以它"萦损柔肠，困酣娇眼"。那么柳絮难道有眼睛？柳絮没有眼睛，柳絮是从柳树上飘下来的。柳树上面有柳叶，诗人们往往说柳叶为青眼。我们中国"青"字的意思很广泛，黑色的叫青，蓝色的叫青，绿色的也叫青。柳树上小小的柳叶，我们称它为青眼,所以我们说柳絮飘下来"萦损柔肠,困酣娇眼",那柳树上的青眼好像在春天的暖风之中慵困的样子,眼睛是"欲开还闭",说柳树的叶子还没有长大,是刚刚长出来的,还很细小的。

柳絮有梦吗?一个人你有你的感情,你有你的思念,如果柳絮有梦的话,"梦随风万里",如果柳絮有梦它就随风飘舞到万里之外,它飘到万里之外做什么?"寻郎去处",每一个生命都要有所追寻,要找到一个可以把自己的感情投注于上的对象。所以如果柳絮有知,它有它的思念和感情。它要随风飘万里,寻什么?寻那个它所爱的人。"寻郎去处,又还被、莺呼起",我在梦里梦见那个我所爱的人,可是我的梦被啼鸟给叫醒了,是"啼时惊妾梦,不得到辽西"。这是上半首咏物,描写了柳絮也就是杨花的形态,下半首东坡写了对杨花的感情。

"不恨此花飞尽",我所悲哀的不只是柳絮的花飞尽了,我所恨的是"恨西园、落红难缀",在西园里面所有的连那最美丽的花、最香艳的红花也都落尽了。屈原在《离骚》里说,"余既滋兰之九畹兮,又树蕙之百亩。畦留夷与揭车兮,杂杜衡与芳芷。冀枝叶之峻茂兮,愿俟时乎吾将刈。虽萎绝其亦何伤兮,哀众芳之芜秽"。不只柳絮飘零,为什么西园中那些美好的红花也没有留下来呢？今天这柳絮都飞落了，明天早晨一阵雨过后，你找一找昨天那些一团团成队成球的柳絮在哪里呢？柳絮已经不见了，都被雨给冲走了。这就是"晓来雨过，遗踪何在？一池萍碎"，只看到水池里面有一池的浮萍。"碎"形容浮萍之多之小，是满池的细小的凌乱的浮萍。东坡这个人很有意思，在这首词后面他自己有个注——"传说杨花入水为浮萍"，杨花落在水里面就变成浮萍了。苏东坡不是科学家，他是个文学家，正是柳絮飞到水池里面的时候，水池里面长出来小小的浮萍。柳絮不见了，只看见浮萍。

"春色三分，二分尘土，一分流水"，如果说我们春天的景色有三分是圆满的春色，当柳絮飞尽的时候，那三分的春色还剩多少？"二分尘土"，有一大半零落成尘，陆放翁说梅花"零落成泥碾作尘"，零落了二分到尘土中。"一分流水"，还有一部分落花就落在水里面了，所以李后主说"流水落花春去也"。

结尾处有的人读作"细看（kān）来不是杨花"，这在文法上是很通顺，杨花都已经落在水池里面，杨花不见了，都变成小小的浮萍了。但是，在词的格律上不对，因为词配合音乐来唱，它需要一定的停顿。所以这里应该是"细看来不是，杨花点点"，不再是那一点一点的杨花。那一点一点的是什么？"是离人泪"，都是离别人的眼泪，是这柳絮"抛家傍路，寻郎去处"，是它充满思念感情的泪点。所以，读词第一步是要把它的平仄、断句的顿挫、节奏读对了。

东坡的这首杨花词写得不错，曾被王国维所赞美。他说东坡的《水龙吟·咏杨花》"和韵而似原唱，章质夫词原唱而似和韵"。他写得这么好，好像是原唱，章质夫的词本来是原唱，可是看起来像和韵，按照人家的音韵拼凑进去。我们也看一下章质夫的《水龙吟》：

> 燕忙莺懒芳残，正堤上杨花飘坠。轻飞乱舞，点画青林，全无才思。闲趁游丝，静临深院，日长门闭。傍珠帘散漫，垂垂欲下，依前被、风扶起。　　兰帐玉人睡觉，怪春衣、雪沾琼缀。绣床渐满，香球无数，才圆欲碎。时见蜂儿，仰粘轻粉，鱼吞池水。望章台路杳，金鞍游荡，有盈盈泪。

章质夫名楶，"楶"是个入声字，念 jié，"楶"是古代木建筑梁柱之间的木头，所以他号叫质夫，说这个木头材质是很好的。大家看一看这首词，作品的高下立刻就看出来了。这词不给你追寻的深意，它说燕子飞得很忙，黄莺已经不大叫了，花都落了，所以堤岸上的柳花就飘坠了。"轻飞乱舞，点画青林"，柳花轻轻地飞，慢慢地舞动，点缀在绿色的树林之间，"全无才思"。苏东坡把柳絮看成这么多情，这么有才思，章质夫说它"全无才思"。"闲趁游丝，静临深院，日长门闭。傍珠帘散漫，垂垂欲下，依前被、风扶起"，柳絮在帘子旁边本来要落下来，但一阵风又把它吹起来了。"兰帐玉人睡觉"，香气袭人的帐子里边有一个美丽的人睡醒了，"怪春衣、雪沾琼缀"，她说衣服上怎么都洒满了白色的柳絮呢？"绣床渐满，香球无数"，她那美丽的床铺上满满的都是吹落的柳絮，滚动的柳絮，像球一样。"才圆却碎"，一下滚成一团，一下又散开了。"时见蜂儿，仰粘轻粉，鱼吞池水"，有时候看见有蜜蜂在花朵里面采蜜，听见有鱼在池水里面喽喋。闺房之中的女子当柳絮飞的时候她就想念她所爱的那个男子，男子在哪里呢？男子在章台。章台是汉朝时候一个歌舞游乐的所在，这个男子跑到章台去游乐了，女子不能走出闺房，所以"章台路杳"。男子骑着马到章台游荡，所以是"金鞍游荡，有盈盈泪"，女子在闺房中流下眼泪。

　　章质夫只是以柳絮写一个闺房女子的相思之情，没有深刻的意思；而你要知道，苏东坡这首词还不只是我说的从表面看它咏柳絮咏得这样好，而更值得注意的，就是我们今天的讲题之所在——小词的"词意抉隐"。"抉"就是把它挖掘出来，把它展示出来，找出来它里边隐藏的深意。那么，它里面还隐藏着什么样的深意呢？

我们现在要看苏东坡的一篇书简，就是他写给章质夫的一封信：

> 《柳花》词妙绝，使来者何以措词。本不敢继作，又思公正柳花飞时出巡按，坐想四子，闭门愁断，故写其意，次韵一首寄去，亦告以不示人也。

章质夫写了一首柳絮词，苏东坡和了他一首词，东坡把和词寄出去的时候写了一封信给章质夫，说章质夫先生你写的柳花词非常美妙，你已经把柳絮描写得这么好，让我们后来的人再用什么字来描写柳絮呢？我本来不敢和你的词，可是我又想到你"正柳花飞时出巡按"。从这里可以知道，苏东坡这首词里面有一些政治上的隐意。清朝的周济曾说，咏物词"最争托意"，意思是咏外物的词要作得好，能与人家争胜，里面就要有深刻的意思，不能只是外表描写一个外物。所以东坡这首词不只是描写柳絮描写得好，里面还有托意。他的托意是什么呢？现在就需要知道这首词是哪一年作的，大概是元丰三年或四年（1080或1081）的时候所作的。东坡幸亏有这封信留下来，才让我们发现小词里面隐藏有很丰富的意思。

以前的人在没有发现苏东坡这封书简之前，他们就认为东坡这首词不过是像我前面所说的只是把柳絮描写得很美丽、很多情，其实不然。我们看苏东坡的书简集，按照年代编下来，就发现这首词是东坡在黄州，大概是在元丰三年时候所写的。在元丰二年（1079）的时候，苏东坡遭遇了什么事情呢？宋朝有新旧党争，苏东坡就是在新旧党争之中被贬出去的。他本来在中央政府，后来被贬出去了，中央又把他调来调去，从这个地方调到那个地方，他辗转调了很多地方，后来把他调到湖州。在古代皇帝命令你做什么你都要谢恩，皇帝赐死让你自杀，你也要叩头谢恩；把你贬出去了，你也要谢恩，所以苏东坡到了湖州以后就写了一篇谢表。谢表上他说什么呢？他说，"臣愚不知时，难以追陪新进；老不生事，或可牧养小民"。我很愚蠢很笨，不知道跟随着时代的风气，所以"难以追陪新进"，我追不上这些新党的人；那么你看到我这个人岁数大了，很安分守己，或者可以让我去一个地方做一个长官去牧养小民。

新党的人从东坡的谢表中摘录了这两句话，说他这两句话有怨恨朝廷的意思。于是，朝廷就派人来把苏东坡抓起来关在监狱里了。北宋当时有一个专门关那些高官的监狱，也就是"御史台"，是专门监察审判高级官吏的。御史台这个官署高大的建筑里面有很多松树和柏树，古木参天，所以人们把"御史台"称为"柏台"（因有众多乌鸦栖居柏上，也称"乌台"）。苏东坡被关起来的这个案子，在历史上就叫"柏台诗案"（亦称"乌台诗案"）。

审判的时候，新党就拼命找苏东坡的错处。苏东坡喜欢作诗喜欢作文章，没事就写这个写那个的，所以他们就把他的作品都调来了，然后就发现里面有两句咏桧诗："根到九泉无曲处，此心惟有蛰龙知。""桧"就是秦桧的那个"桧"。桧木本来是松树一类，我们常说松桧，松桧本来是非常美好的树，很正直的树，所以秦桧才管他自己叫作秦桧，因为这个字本来是好的意思。苏东坡看到桧木很正直很好，所以他就写了这句诗"根到九泉无曲处"，桧木的树干是直的，根也是直的，它的根直到九泉之下，在很深的地下也没有弯曲，都是正直的。他说这种正直的内心"此心惟有蛰龙知"，你不知道我的根什么样，只有地底下的那条龙才知道我的根是直的，"蛰龙"是藏在地底下还没有出来的那条龙。这就不得了了，中国向来把龙比作真命天子,"飞龙在天"是现在的天子,你说地下还有一条龙了解你,那岂不是有地下党吗?所以,当时他的政敌就摘录这两句诗,说他有叛逆之心,把他关到御史台的监狱里,几乎把他判成死罪。

幸而当时的宋神宗还是个明白的皇帝,他说"彼自咏桧,何预朕事",他自己咏松桧嘛,与我有什么关系。所以苏东坡就幸免于死,被贬到黄州去了。苏东坡与章质夫写信来往就是他在黄州的时候,我们在苏东坡的书简集里看到他给章质夫的这封信。

有了这封信我们就知道了,这首词不只是外表写柳花写得婉转曲折,还有深情隐意,这里边真的是有政治的托喻。

我们怎么证明它有政治的托喻呢?这是苏东坡给章质夫的信自己说的,他说你写的柳花词妙绝,"使来者何以措词,本不敢继作",可是我就想到"公正柳花飞时出巡按"。章质夫是在元丰四年调到外边去提点刑狱的。中国古代都以在中央政府做官为好,在中央安不下身了,才派到外地去做官,所以章质夫就是在元丰四年出任了提点刑狱,他做官做到外省去了。苏东坡说,在春天柳花飞的时候把你从中央政府调出去做巡按的。"坐想四子,闭门愁断","坐"是因为的意思。杜牧有诗云"停车坐爱枫林晚,霜叶红于二月花",不是说我就停下车来坐在那里看这个枫林的景色,而是说我停车是因为喜欢这里枫林的景色。所以这里"坐想四子"的意思是"因为想到了四子"。有人猜想,这个"四子"是指苏东坡等反对新法的这一批人,当他们获罪同时被贬出去的有很多人。这个四子现在我们虽然没有考证出来,但很可能是他们的朋友,就是同时被新党赶出去的人们。所以,苏东坡说你也是在柳花飞时被贬出来的,我现在已经被贬出来在黄州了,我想还有我们的朋友们"闭门愁断",关起门在家里很忧愁,所以写出这个意思来,"故写其意,次韵一首寄去"。最后一句说什么?"亦告不以示人也",我的词里边有一种隐藏着我们被贬出来的哀怨意思,所以,你不要给别人看。可见这首词不只是外表写柳絮写得好,里边还蕴含着深意。

我们再来讲它深隐的意思。这真是苏东坡很有特色的一首词,所以说"小词抉隐"。它开头说"似花还似非花",对苏东坡而言,他苏东坡是一个有才华有理想的人,还是一个没有才华没有理想的人呢?你要知道,东坡当时是被大家公认为有才的。二十岁的时候就被欧阳修录取为第二名,考中进士。当时宋仁宗马上就要重用他,有的大臣说苏东坡还很年轻,让他历练历练吧,所以没有重用。然后他母亲死了,他回去守丧三年，丧期满了刚回到朝廷来，不久父亲又死了，又回去守丧三年。六年以后，朝廷大变，当他再一次回来以后已经是神宗了，王安石当权，实行新政变法了。苏东坡一生本来应该被大用，但没有得到大用的机会，所以是"似花还似非花"。王国维不但赞美苏东坡这首《水龙吟》，而且他也写了一首《水龙吟》，词中说："开时不与人看，如何一霎濛濛坠？"你虽然叫作花，但你开的时候没有让人看见过，没有让人欣赏过你的美好的才华。"如何一霎濛濛坠"，怎么这么短暂，片刻之间它就濛濛地落下来了。我当年就对王国维这首《水龙吟》词非常有同感。我二十四岁那年的三月份结婚，同一年冬天十一月就跟我先生随他工作的单位撤退到台湾。二十五岁时我遭遇白色恐怖，我先生被关起来了，我带着不满周岁的女儿也被关起来了。我被放出来以后，无家可归。当年由大陆到台湾的人，有工作才有宿舍。等我出来以后失去了工作，没有薪水，没有住房，带着一个吃奶的孩子，天地之间没有托身之所。当年读书的时候，老师也以为我颇有才华，可是后来我经历了很多苦难。所以我当时读到王国维这首词的开头两句就很感慨，"开时不与人看，如何一霎濛濛坠？"我不到三十岁，先生被关起来了，被关了好几年，我一个人没有工作，没有住房，连个床铺都没有。这是柳花的悲哀，苏东坡当年应该也有这样的悲哀。

苏东坡写了这首词"似花还似非花，也无人惜从教坠"，柳花没有人爱惜就都落下来了。柳花白白担当了花的名字，没有人把它当作花来看待，只是一开就落了。苏东坡在说他自己，你说我苏东坡是有才还是没有才呢？我是有理想还是没有理想呢？没有人爱惜我，就任凭我飘零飞落了。他是"抛家傍路"，你看苏东坡辗转地被贬官，从这里贬到那里，后来一直被贬到惠州，被贬到海南。现在海南是度假的胜地，可当年是一个非常荒僻的所在，苏东坡真是历尽了飘零和贬谪的痛苦。

东坡离开四川老家到各地方飘零辗转，都是走在行程的道路之上。"思量却是，无情有思"，就算我没有感伤的感情，但我心里面还是有很多理想，很多念头。"萦损柔肠，困酣娇眼，欲开还闭"，我内心之中辗转的思量，眼中的期待和盼望，是能够追求什么还是再也没有希望去追求了？"梦随风万里"，我有梦，我的梦随着风飘飞到万里之外，"寻郎去处"，希望找到我所爱的那个人，他在哪里呢？苏东坡还写过一首中秋咏月的《水调歌头》："我欲乘风归去，又恐琼楼玉宇，高处不胜寒。起舞弄清影，何似在人间？"皇帝看了说"苏轼终是爱君"。这是中国古代读书人的一种感情，也许现在的年轻人真的不理解。你们不理解杜甫从少年时候说"致君尧舜上，再使风俗淳"，一直到老年，他说"此生那老蜀？不死会归秦"。我们现代人真是不明白古代这些读书的儒家的士人，为什么对国家朝廷有如此之忠爱。他以为他是这个国家的一分子，有治国平天下的责任，他要使这个国家的国君有尧舜之治，使人民过上太平安乐的生活。苏东坡不是没有为人民做过好事，他在杭州的时候修了一个长堤，便于当地人民来往，现在叫作苏堤。还有一次杭州有很多人得了传染病，苏东坡建立了治疗传染病的病坊。他是真的有所作为，可是他却被朝廷贬谪到各处流转；而他的忠爱之心就像杜甫，杜甫晚年流离到四川，顺江而下，说"此生那老蜀？不死会归秦"。所以东坡说"梦随风万里，寻郎去处"，我还是愿意回去，愿意为朝廷、为老百姓做一些事情。他就是晚年贬到惠州，贬到海南，政治上不能有所作为，他还教当地的人读书，教他们写文章。苏东坡的政治理想不能实现，但还是想要尽力做一些事情，可是"又还被、莺呼起"。这个悲哀不只是个人的理想落空，不只是个人生命落空的悲哀，"不恨此花飞尽"，他所恨的不是自己这花飞尽了，而是"恨西园、落红难缀"，那美好的花园里面所有的花为什么都零落了？这就是屈原的悲哀，是从古至今这些才人志士共同的悲哀。

"晓来雨过，遗踪何在，一池萍碎"，什么都碎裂了，什么都落空了。"春色三分，二分尘土，一分流水"，如果说三是个圆满的数目，如果说春色是三分，有二分花落在泥土，还有一分落在流水中，"流水落花春去也"。所以"细看来"，仔细想一想，仔细看一看，这点点飞舞的杨花，不是杨花，是什么？是离人泪。是我们这些个有才华、有志意想要报效国家的人，我们都被贬谪出来了，是这些人共同的眼泪。

我们读小词，不是只欣赏外表文字的美丽，很多词里面有非常委婉曲折的深意。《孟子》说："颂其诗，读其书，不知其人可乎？是以论其世也。"我们要想一想作者内心真正的含义是什么。

稼轩之《青玉案》(东风夜放花千树)

刚才我们说的是东坡词，下面再来看一首稼轩的词。我们叫苏轼为东坡，叫辛弃疾为稼轩，这样比较亲切。看这首稼轩的《青玉案》：

东风夜放花千树，更吹落，星如雨。宝马雕车香满路。凤箫声动，玉壶光转，一夜鱼龙舞。　　蛾儿雪柳黄金缕，笑语盈盈暗香去。众里寻他千百度。蓦然回首，那人却在，灯火阑珊处。

这首词也很有名，后来被王国维引用。王国维说，成大事业、大学问的人要经过三种境界。第一种境界是"昨夜西风凋碧树。独上高楼，望尽天涯路"。其实小词所写的都是相思、都是爱情。"昨夜西风凋碧树。独上高楼，望尽天涯路"出自晏殊的一首小词，写一个女子怀念远行的人，昨天晚上我看着月亮，一夜都没有成眠，西风把我窗前树的叶子都吹落了。叶子落了我就看得更远，所以第二天早上，我就独上高楼向着天涯的路上远望，看我所怀念的那个人有没有骑着马从远方回来呢？台湾有一个很有名的诗人郑愁予写过一首新诗，说那"达达的马蹄声是一个美丽的错误，我不是归人，我是过客"。过去很多远方的人都是骑马回来的，所以"望尽天涯路"是第一种境界。第一种境界代表我们做大事业大学问的什么境界？你每天耳乱乎五音六律，眼迷乎五光十色，你被眼前的一些繁华一些外表的虚荣所蒙蔽了，你没有高远的理想和志意，你只是追求外表的虚荣，他又开了什么汽车、她又拿了什么名牌挎包，你每天都看这个，你就没有高远的志意。随着昨夜西风凋碧树，把你眼前的蒙蔽都拿走，你才能够看到远方的道路，这是第一种境界。

"衣带渐宽终不悔，为伊消得人憔悴"，这是一句柳永的词，王国维说这是成大事业大学问的第二种境界。如果你经过第一种境界，把眼前的浮华都去除了，你就有了一个高远的理想。为了追寻这个高远的理想，你曾经为它消得人憔悴。你努力去追寻你的理想，你没有达到你不是白追了吗？所以王国维说成大事业大学问，是否完成大事业、大学问，最后一定要得到一个境界，那就是"众里寻他千百度，蓦然回首，那人却在，灯火阑珊处"。忽然间发现这个人就在我的心里，这个人就在我的眼前，我的眼前身畔，我自己的立身处世。你的快乐就在你的心里，你的人格的完成也在你的心里。都在你自己，而不是在那万紫千红的外表虚浮的攀比之中。这是王国维说的三种境界，是王国维个人的意思。

可是，在辛弃疾的这首词里边，"那人却在，灯火阑珊处"，他说的是什么呢？我们先从开头看起。这首词写的是元宵节的繁华，什么地方的元宵节的繁华？临安，就是杭州。南宋已经决定偏安于一隅，没有一点点再收复失地，反攻回去的念头了，就歌舞繁华了。

在南宋的时候有一个叫林升的人,曾经写过一首小诗:

山外青山楼外楼,西湖歌舞几时休?
暖风熏得游人醉,直把杭州作汴州。

西湖是个美丽的地方,向远方可以遥望,山外有着青山,而且建有许多美丽的楼台,歌舞管弦日日不休。临安是南宋的都城,现在南宋的君臣再也不想去反攻,再也不想去收复失地,再也不想把徽宗钦宗迎回来了,就安于南方的安乐。当每年正月元宵佳节的时候,大家都出来庆祝,"暖风熏得游人醉",暖风是杭州西湖堤岸上的春风,人们都沉醉在这种享乐之中。原来国家北宋的都城开封不是已经沦陷了吗,现在就"直把杭州作汴州",很多人喜欢这样的生活,管它汴州不汴州的,现在歌舞宴乐我很高兴,我很高兴就好嘛。

可稼轩不是这样的人,稼轩出生在山东,他在山东打地下游击起义,然后投奔到南宋,他投奔到南宋的愿望就是要反攻回去,把他的家乡山东收复。可是他来到南宋以后他的愿望完全落空了,来到南宋以后他曾写过一首小词,说"壮岁旌旗拥万夫,锦襜突骑渡江初",现在是"思往事,叹今吾,春风不染白髭须。却将万字平戎策,换得东家种树书"。我当年有万字的平戎策，稼轩不是空口说白话，他写的《九议》《十论》把行军用兵作战的种种方法，我方跟敌方的虚实形势分析得非常透彻。你要看一看，不只是稼轩的词，看一看稼轩的文集，那种忠义、那种奋发、那种谋略真是让人钦服。可是他一辈子都落空了，因为南宋君臣宴安鸩毒，没有人再想回去了。

"东风夜放花千树"，春天来了，元宵自然是春天的正月，东风一夜之间好多树上的花都开放了，真是花开了吗？不是，那时冬天还没有开花，树木还没有发芽，还没有长叶的树枝上都挂满了灯火。就如同西方圣诞节要来的时候，大家准备圣诞树，在树上装饰了很多的灯火。在树上装上灯火不是西方发明的，而是我们中国早就有的。到处都张灯结彩，"更吹落，星如雨"，好像是天上的星星都落到我们人间来了，像雨一样落下来了。那些个仕女，那些个游人，"宝马雕车香满路"，青年的男子他不是坐着宝马名车，他是骑着宝马，那个女子坐着雕刻着花纹的美丽的车，他们的车子上他们的衣服上都散发着香气。"凤箫声动"，还有音乐的演奏。笛子是横着吹的，箫是直着吹的，凤箫是指排箫，像一个凤凰的尾巴一样展开，那是最讲究的乐器。"玉壶光转"，玉壶就是天上圆圆亮亮的月亮，像一个白玉做的壶。"一夜鱼龙舞"，元宵节整夜都是鱼龙变化的表演，玩杂耍的、变魔术的、歌舞的。

"蛾儿雪柳黄金缕"是女孩子的装饰，《东京梦华录》和《武林旧事》就记载了女子们的闹蛾儿和雪柳的装饰，还缀有黄金的线，"笑语盈盈暗香去"。这些在临安，在直把杭州作汴州的人的嬉笑歌舞之中，我要找一个人，"众里寻他千百度"，在这些热闹的人群之中，我来来往往找了多少次。"蓦然回首"，忽然间一回首，"那人却在，灯火阑珊处"，我要找的这个人在灯火黯淡的地方，在没有那个歌舞繁华的地方。

我问我的学生，辛稼轩找的那个人是谁？他们说一定是他心爱的女子，订了约会，元宵节没有找到。有一首小词不是说"去年元月时，花市灯如昼。月上柳梢头，人约黄昏后"吗？他肯定是约了个美人他在寻找。从表面上看起来，他所找的那人在灯火阑珊处，没有在美女如云的人群中。大家觉得辛弃疾一定是在找一个约会的女朋友，那个女子躲在那灯火阑珊处，他找了半天没找到。

我自己个人不是这样理解。我以为，辛弃疾所说的那人就是他自己。他是要渡江，要打回去，要收复失地，而南来以后他一直被放废，很多年被废弃不用。所以他留下了"思往事，叹今吾，春风不染白髭须"这样的词。还有一首大家比较熟悉的《水龙吟》，我们后面会详细讲到。

> 楚天千里清秋，水随天去秋无际。遥岑远目，献愁供恨，玉簪螺髻。落日楼头，断鸿声里，江南游子。把吴钩看了，栏杆拍遍，无人会，登临意。　休说鲈鱼堪脍，尽（jǐn）西风，季鹰归未？求田问舍，怕应羞见，刘郎才气。可惜流年，忧愁风雨，树犹如此！倩何人唤取，红巾翠袖，揾英雄泪。

这是稼轩，稼轩他真是不甘心，我怎么甘心终老在江南？他的雄心壮志是要收复失地，所以当他看到这些个人，从政府到人民都是"直把杭州作汴州"，再也不想收复失地，都是苟且偏安在这里，只有他一个人，他是寂寞的，他是孤独的。在繁华之中，在歌舞之中，他是悲哀的，所以"那人却在，灯火阑珊处"。

选择这两首词评说的缘由

我之所以选择苏、辛二家的这两首词来加以评说，而且名之曰"抉隐"，主要由于近年来偶然看到一些中学课本中选录了这两首词，而课本中对这两首词的诠释和评赏，却有许多未能深入了解，未免误导学生，深可憾惜。

先说苏轼的《水龙吟·咏杨花》一词。选录此词的课本在其相关的教案中，对于此词所做的只是表面的对杨花之外在形象的评赏，而对于苏轼写给章质夫这一首词之中深隐幽微的用意，全然未有深入的体会。我在讲演中所引用的东坡写给章质夫的那封信，是出于《东坡尺牍》。北京中华书局在1986年出版的《苏轼文集》第四册卷五十五《尺牍》中，可以查到这一封书简。希望选编中学语文课本的老师们可以参考。

至于辛稼轩的《青玉案》一首词，在选录此词之课本的相关教案中，编者曾经提出，"那人的形象，有着作者自身的影子"，这是很好的启发。不过，这样的解说似乎还不够透彻，因为这只是说"这个女子"与"作者辛稼轩"有暗合之处，以为前面的"元夕欢腾"都只是为了那一个意中之人而设的反衬，是表示其意中人之与一般游赏元宵之女子的不同。其实私意以为这一首词，原来就只是辛氏自写其壮志难酬的悲慨。想当年"壮岁旌旗拥万夫，锦襜突骑渡江初"的稼轩，其理想固以为渡江南来以后，本应不久可以反攻回去，收复河山，而现在临安城中元夕的游赏繁华，则正表明了南宋君臣之宴安鸩毒，已经安于苟且的偏安。面对此种情景的稼轩，其内心之沉痛感慨可知，所以才以痛苦失望的心情，写出了"那人却在，灯火阑珊处"的失落而哀苦的词句来，而"那人"其实应该就是稼轩自己。

以上仅是我个人一点读词的体会。我认为大家要结合着历史的背景，结合着作者个人的身世性格来体会诗词中更深一层的意思。中学课本对青年学生有相当大的影响。我希望能借此机会，提出"词意"的"抉隐"，谨供编写中学语文教材之教师们参考。

本文据2014年南开大学演讲整理而成

李云 整理

二

辛弃疾：从西方意识批评文论谈其词一本万殊的成就

中国的诗人、词人为数众多，难以计算，在众多的诗人、词人之中，有很多名家、大家，有很多了不起的成就。可是如果我们严格地评赏一位作者的高低上下，就有了不同的、很多的层次，我今天特别提出来的一个衡量的标准，是借鉴西方的一个文学批评理论，以此来看稼轩词及其一本万殊的成就。

西方意识批评文论浅析

20世纪60年代我曾经到美国教书，当时美国所流行的文学批评理论叫作新批评（new criticism）。新批评文学理论是从19世纪英国兴起来的，英国有两位很著名的学者，一个叫作理查兹（I.A.Richards），一个叫作威廉·燕卜逊（William Empson），他们提出，评赏一首诗歌（一篇作品）的优劣，不能单纯地说因为作者的思想是好的，所以他的作品就是好的。他们对于中国的文学批评有一个很强烈的成见，觉得中国总是以作品的内容是否合乎道德为衡量作品的标准。一个人的思想正确、感情合乎道德，不一定能写出一首合乎诗歌美学标准的作品。我是受中国传统教育长大的，我们讲诗歌中的屈原、杜甫，忠爱缠绵，讲陆放翁、辛稼轩忠义奋发,我们一贯认为这样的作品当然就是好的。可是我60年代一到美国就受到他们很大的冲击,他们说你们这种意识性(intentional)批评标准是错误的,意思是不能因作品的意向是忠爱缠绵就是好的作品,好的作品必须要有艺术性的成就。那时我刚刚完成一本书,台湾出版的《杜甫秋兴八首集说》,《秋兴八首》是杜甫非常著名的一组诗。哈佛大学两位教授梅祖麟和高友工,他们认为不能因为杜甫忠君爱国就说他的作品是好的,而是要用语言学、符号学来分析杜甫的诗为什么是好的。所以他们写了一篇文章,用西方语言学的观点来讨论杜甫的《秋兴八首》,他们所注意的是文本(text),以文本中所用的意象(image)、所引用的典故(allusion)、所表现的声音节奏,以及包含的象征的意思、文字前后结合的组织、每一个语词在诗歌表现中所起的作用,进行最精细的分析。读一首诗,不能因为它是忠爱的就是好诗。我们要一个字一个字、一个语词一个语词地去研究它,一个组织、一个结构地去研究它,分析作品为什么是好的。所以西方学者说中国从用意的好坏判断作品的优劣是一种错误,当时正是这种学说在西方流行的时候。

可是我们中国的诗歌有一个非常宝贵的传统,我们的传统跟西方是不一样的。西方的诗歌是从史诗和戏曲而来，他们所写的是一种外在的现象，而你把外在的现象如何呈现出来，是一种模仿，所以他们所关注的跟我们不一样。我们的诗歌从《诗经》开始，我们就说"情动于中，而形于言"，是当我们内心情意有了一种感动，然后我们用语言、文辞把它表现出来。后来的钟嵘《诗品序》中说："春风春鸟，秋月秋蝉，夏云暑雨，冬月祁寒，斯四候之感诸诗者也。"春天的微风拂过、春鸟流利婉转的叫声触动了我们欢娱的感情，秋天夜空中的一轮明月引起了我们思乡的感情，秋天寒蝉的鸣叫声引起我们寂寥消逝的感觉，四时的景物使我们感动。然后钟嵘又说，"至于楚臣去境，汉妾辞宫"，像楚国的大臣屈原被楚怀王疏远，不再受到重用，被放逐了，离开自己的故都，或者是像汉朝的明妃昭君离开皇宫和自己的国家远嫁和亲，很多诗人都被他们感动而写了很多诗作，或者是"嘉会寄诗以亲"，有一个美好的聚会使我们心情愉悦就写一首诗，像杜甫见到李白就赠诗说"乞归优诏许，遇我夙心亲"。李白本来放浪旅游没有出来参加科举考试做官，后来玄宗听说了他的名声来诏见他，皇帝亲自把他迎到朝廷当中，李太白本身是想帮助皇帝治理国家的，可是皇帝只让他做文学侍臣，与杨贵妃一起赏牡丹花的时候让他写《清平调》词，"云想衣裳花想容"。李白觉得玄宗皇帝对他是"倡优蓄之"，把他当作唱曲、作曲子的艺人来看待，因此他就辞职不干了，离开了朝廷。而杜甫是到朝廷考试还没有考中的时候，两个人相遇了，于是杜甫就写了这两句诗"乞归优诏许，遇我夙心亲"，说李白你请求离开朝廷，皇帝给你很优厚的赏赐允许你辞职。而我是考试没有考中，我们两个人相见了，我的心与你的心居然是如此的接近。所以说，中国诗歌都是内心有所感动才写作诗篇的，不是模仿、不是比赛文字上的堆砌和斟酌，而是有内心真正的感发。所以我以为西方那些只注重外表的语言文字的新批评跟我们的情动于中的批评有一点距离，可是当时他们轻视我们的批评。

在新批评流行后不久，西方有一种新的哲学思想出现，就是胡塞尔的现象学（phenomenology）。他说，在人世间不管是文学，还是哲学，对宇宙万象的感受和认识，一切都是因为人的意识活动。所以，有人看到春风的吹拂，看到柳条的柔软，就会说"风情渐老见春羞，到处芳魂感旧游"（李后主词）。我现在快九十岁了，每年三月一回到温哥华，我就联想到"春城无处不飞花"，所有的马路上两侧都是花树，大半是樱花，也有海棠，也有梅花，我眼看着花开、眼看着花落。我刚到温哥华的时候不过四十岁，现在我九十多岁了，我再看到那到处开放的繁花，真是感觉到"风情渐老见春羞，到处芳魂感旧游"。我这么衰老，看到那满树的红花，我的感慨、我的感伤跟我年轻的时候完全不一样了。"芳魂感旧游"，我看到花开就想到许多当年的往事。这种我看到花开，花开引起我内心的一种感伤，就是我的意识与外界的现象接触之后的一个活动。不只是我们看到花开有这种感觉，人事方面更使人有这种感觉。当我五十岁刚过一年的时候，我的大女儿与大女婿开车不小心出了车祸，两个人同时没有了，我回到家里，到处都是樱花，我写了两句诗"门前又见樱花发，可信吾儿竟不回"，我又看到我门前的樱花开了，可是我的女儿再也不能从花树中走回来了。所以宇宙之间一切的景色，一切的情事引起我们感动，"情动于中，而形于言"，我们真的有了这样一份感动，我们才写诗，我们中国的诗歌就是以"情动于中"为一个重要的起源。

我看到花开心喜的时候写诗，看到花落悲哀的时候我也写诗。有一年我离开温哥华到杜甫草堂去开学术会议，我也写了一首诗，其中有两句："作别天涯花万树，归来为看草堂春。"我跟远在天涯的温哥华的万树繁花告别，我回到祖国来看杜甫草堂的春天的花开。所以，从诗句中可以看到花开的时候我有过一些欢喜快乐，也有过一些悲哀痛苦。这是宇宙之间万物的现象、人事的现象给予我们的感动。下面我要说我之所以不是一个伟大的诗人，是因为我看到花开就说花开，看到花落就说花落，朋友相会我就写欢喜，朋友离别、家人离别、死生的离别，我就写悲哀，天下的现象千态万变，我的感情也千态万变，所以我不是一个伟大的诗人。西方有一种文学批评叫作意识批评（Conscious criticism），是从意识来进行批评，我曾经引用一位西方意识批评的女学者，美国的拉瓦尔（Sarah Lawall），她有一本书《意识批评家》（1968，哈佛大学出版社），书中也是从新批评说起来的，认为在评论中只讲语言文字符号是不够圆满的，不能把作者的意识完全抹杀，没有作者的意识活动就不会有诗，只是语言文字的堆砌绝不能够成为好诗。

拉瓦尔认为，世间第一流的、最伟大的作者，他的意识活动不是悲哀就悲哀，欢喜就欢喜，不是他随便看见什么内心随时就有变化。那样虽然也可以写出感情非常真挚的诗歌，但不是一流的作者。最伟大的作者可以在他们的作品中形成一个基本的心态类型，又能以千变万化的形式表现出来。我讲过许多不同时代不同作者的诗，其中有一首清朝朱彝尊的小词《桂殿秋》：

> 思往事，渡江干，青蛾低映越山看。共眠一舸听秋雨，小簟轻衾各自寒。

词中说多年以前，我跟一个女孩子坐着船，从江边上经过，女子青黛画的眉毛跟远处青山一样美丽。他们全家都住在船上，晚上大家同时睡在一个船上，但秋天下雨的时候，我们都没有睡着，"小簟轻衾"是一个小小的竹席和薄薄的轻被，"小簟轻衾各自寒"，你有你的一片席和你的一床被，我有我的一片席和我的一床被，你要忍耐你的寒冷，我要忍耐我的寒冷。相爱的人为什么不能在一起？为什么要分别？为什么要各自忍耐自己的寒冷？这本来是一首写爱情的词，可是我们人间何尝不是如此呢？亲如父母子女，你有你的感情，他有他的感情，你真想一个人完全体会了解你，那是不可能的。我们虽然在一个屋子里面，但是"小簟轻衾各自寒"。

清朝一位词学家况周颐认为，在清朝三百年的词人几十万首、近百万首的作品中，这首小词最好。也许这首小词给我们很丰富的联想，但我认为，这首小词跟辛弃疾比起来天差地远。其中的原因不在于这首小词本身写得好不好，还有另外一个原因，就是作者朱彝尊他偶然写出来一首很有意思的小词让大家欣赏、赞叹，但是他也写出来很多没有品格的、不好的词。他没有自己个人的一个真正的风格（pattern）、一个理想、一个志意、一个理念。见风说风，见雨说雨，见人说人，见鬼说鬼。就算你偶然有一两篇好的作品，按照西方的批评理论，这不是最伟大的作家。最伟大的作家，他是有一个中心的、一个不改变的pattern，可是你说这是固定的吗？千篇一律吗？永远是这样的吗？不是。如何在固定的模式中还能够千变万化地表现出来，这是辛弃疾的了不起之处。所以我们说稼轩词是有一本万殊的成就。

稼轩词的一本万殊

辛弃疾的词作中有一个基本的pattern，他可以千变万化地来表现。西方的文学批评认为，只有最伟大的作家的作品中才能形成一个特殊的pattern，即他的文章中所表现的意识活动有一个固定的模式。最伟大的作者有一个固定的pattern，可是并不是千篇一律，老说一样的话；而是一本万殊，根是一个，但是发展出来的每一片叶子，每一个花朵都是不一样的，那才是伟大的作者。

在中国的作者里面，真正能够达到这样成就的人并不是很多。在中国旧传统的诗人、词人当中只有少数几个人，他的意识活动里面果然有一个固定的模式，像屈原的高洁好修，品格高超，他说我是以芰荷为衣，以芙蓉为裳，我佩着缤纷的繁饰，我不愿意有一点污秽的地方，这是他追求的高洁好修。司马迁赞美屈原："其志洁故其称物芳"，他的心志是美好而高洁的，他所写的诗歌、他所用的形象都是美好的、高洁的，这是屈原意识中的一个pattern。杜甫忠爱缠绵，不但他少年的时候说"致君尧舜上，再使风俗淳"，我要使我们国君成为像尧舜一样的国君，我要使我们的社会重新恢复善良淳朴的风气，这是杜甫的理想。一直到他老年，在四川他也曾经说"此身哪老蜀？不死会归秦"，我杜甫难道就甘心终老在天涯海角的漂泊中吗？只要我有一口气在，我就要回到陕西、回到长安、回到我的首都，为我的国家做一些事情，这是杜甫的忠爱缠绵。

在众多词人当中，我认为够得上一流大作家资格的只有一个辛弃疾。辛弃疾的模式（pattern）是什么呢？我说他是"一本万殊"，从哪里可以见得呢？当然是有词为证。下面我们就来看一看稼轩的几首词。

我们先看他的第一首词《水龙吟·登建康赏心亭》。有一点要先提醒大家，中国的韵文，不管是诗、不管是词、不管是曲子，既然号称韵文，它的声调、韵律都是非常重要的。我曾教小孩子怎么吟诵诗歌。要在头脑中、思想中理解诗歌，就要用声音把它记下来。你用思想去理解，是你右脑的活动，你用声音把它记下来，是左脑中直觉的感官的活动。你读诗词，不只是用右脑，也用左脑，让你的理解与声音结合起来的时候，它对你会产生理解以外更直接的感动，而且可以使你终身不忘。中国古代的语言文字是分平仄的，我们现在的普通话当中没有入声字，可是古代的诗词当中是有入声字的，所以我们在吟诵或者读诵的时候要把它的声调读正确。这首词中的"说"字、"惜"字都是入声字，读的时候要注意。

水龙吟·登建康赏心亭

楚天千里清秋，水随天去秋无际。遥岑远目，献愁供恨，玉簪螺髻。落日楼头，断鸿声里，江南游子。把吴钩看了，栏干拍遍，无人会，登临意。　　休说鲈鱼堪脍，尽（jǐn）西风、季鹰归未。求田问舍，怕应羞见，刘郎才气。可惜流年，忧愁风雨，树犹如此。倩何人唤取，红巾翠袖，揾英雄泪。

我们要讲辛弃疾的词，当然要对辛弃疾有所了解。当时北宋已经灭亡，北方已经被金国占领，高宗迁移到了南方，建立了南宋。辛弃疾是山东人，他出生在宋高宗的绍兴十年（1140），那时他的故乡已经沦陷了十年，他是在沦陷区出生的。我经历过抗战时的沦陷生活，我1924年出生，1937年七七事变（卢沟桥事变）的时候，我是初中二年级的学生。抗战八年之久，我从初中三年级，高中三年级、大学四年，都是在沦陷中度过的。大家可能不知道沦陷区是什么样的情景，我是亲历过沦陷区的悲哀和痛苦。你可能会说沦陷区的人民为什么不投奔后方的祖国去呢？那不是每一个人都可以做到的。我的父亲随着国民政府到后方去了，我母亲带着我们，我是最大的姐姐，不过才上初中二年级，我最小的弟弟刚刚上小学，我母亲没有办法带着三个孩子到后方去，我们当然就留在沦陷的北京了。虽然不是每一个人都能到后方去，但是沦陷区没有一个人能忘记祖国。我们的国歌里唱"起来不愿做奴隶的人们"，这是当时我们学生都会唱的歌曲，没有一个人甘心沦陷在敌人统治的地方。

辛弃疾是出生在沦陷区的，他的祖父是一个非常忠义奋发的人。辛弃疾小时候，他的祖父就带着他指点山河，告诉他哪些地方原来是宋朝的疆土、人民生活安定，现在却被敌人占领了、生灵涂炭。后来金国开了科考，他的祖父就让辛弃疾随着科考的人深入到北方去，而且让他把所见到的金国的地理形势、军事情况等都记录下来。所以，辛弃疾自幼就有一个收复失地的理想与志意。辛弃疾二十岁的时候，号召一些爱国的义士，成立了两千多人的义勇军队伍。当时山东还有一个起义的人叫作耿京，集合了几万人的队伍，但耿京集合的大半都是农民，辛弃疾集合的大多是知识分子。好像毛主席曾说过"革命要知识分子与农民相结合"，农民有勇气、热心于革命，但是农民头脑不够冷静，不能够做详细的周密的计划，所以要知识分子与农民相结合。可是很多知识分子看不起农民，很多农民也不能跟知识分子结合。不过辛弃疾很早就有了这种觉悟，他一个知识分子就带领着队伍投奔了耿京，为耿京出谋划策。他说起义的队伍现在看起来虽然声势浩大，但是在沦陷区是孤立的，一定要与祖国的政府联系起来，才能够有大的作为。耿京也认为他说得很对，就同意了他的建议，派辛弃疾带领一些义士南渡，联系南宋朝廷。辛弃疾南渡到南京见到了高宗，高宗欣然接见了他们的起义军，而且还给他们都册封了官职。辛弃疾见到高宗之后再回到北方，想召集人马起义的时候，在耿京的队伍里面却出了一个汉奸。我们中国忠义奋发的人每个时代都有，那些小人，贪图一己之富贵利禄而出卖国家的汉奸也是有的，那个汉奸就把耿京给出卖了。辛弃疾一听勃然大怒，就带着几十个人冲到敌人的军营中，在千万人的敌军当中活捉了出卖起义军的汉奸张安国。辛弃疾把他夹在马上，几天几夜不吃饭、不休息，驰马把汉奸捉到了南京，将这个俘虏献给自己的国家，随后俘虏被朝廷处死了。当时辛弃疾这段英勇的行为"壮声英概"，真是震动了全国。辛弃疾本来以为，以他的勇气、他的智谋、他的爱国的感情和精神，投奔到南宋与祖国的军队联手，很快就可以打回去，收复他自己的故乡。可是没有想到，来到南方以后朝廷当中的各种主张不一样，有主战派，也有主和派。而且中国因为地方大，各地方人都有，形成一个坏的毛病，就是地域的观念，画小圈子，你是我的同乡，他是他的同乡。南方人看不起北方人，北方人也看不起南方人。当辛弃疾一个沦陷区的北方人投到南方来，他受到了很多猜忌。还有一点，高宗皇帝是不是真的愿意打回去呢？因他的父亲、他的哥哥都还在，如果把他的父亲徽宗、把他的哥哥钦宗都接回来，那他还做不做皇帝呢？有很多的原因使得辛弃疾收复失地、打回老家的理想始终没有实现，可是他真的是一个英雄豪杰，只要叫他治理地方，他一定有功绩和建树。

我们刚才读的《水龙吟·登建康赏心亭》，作于宋孝宗淳熙元年（1174），辛弃疾二十三岁的时候投奔到南宋，现在他已经三十多岁了。十多年过去了，他不知道哪一天才能回到自己的故乡。建康赏心亭是秦淮水上的一个亭子，北宋的宰相丁谓所建，是一个游赏的胜地，很多人到这里登临。

"楚天千里清秋"，"楚"主要指湖南、湖北，可是在中国传统的诗词里面南方的天都可以称为"楚天"。他现在身在建康，他所看到的都是南方的天空，所以是"楚天千里清秋"。当秋天来的时候天高气爽，秋天的天空的颜色、秋天天空的浮云都是一片秋天的气象。下面秦淮的河水，"水随天去秋无际"。"人生长恨水长东"，水一直流到天的尽头，水随天去，而在水与天之间上下都是一片秋色。像杜甫在《秋兴八首其一》中说的"玉露凋伤枫树林，巫山巫峡气萧森。江间波浪兼天涌，塞上风云接地阴"，从天到地都是清秋的景色。

他还看见什么呢？"遥岑远目"，这是稼轩词的一个特色，也是中国词长调的一个特色。这四个字一停顿，使它的节奏和文法产生一种错综的变化。"岑"是尖峰的高山，远远地看见山的高峰，"遥岑"是远处那高的山峰。"远目"是我向远方望眼所看到的,"遥岑"在望远的目光之中。我所看到的那个遥岑在我的眼前,我看到这些山都是我的祖国,只因我不能回到我的故乡,"献愁供恨",每一个山峰表现出来的都是悲哀,每一个山峰给我的都是愁恨。可是山是美的,"玉簪螺髻"有的很高,像女子插在头上的玉簪,有的是圆的,一团一团,像女子盘在头上的螺髻。这四个字一停,四个字一停,就把他所写的景色与感情一点点结合起来。

"落日楼头,断鸿声里,江南游子",我站在一个楼上,远远地看太阳就要沉没了,落日斜晖的余光照在我的楼上。这是我眼睛所看到的,我耳朵所听到的呢?"断鸿声里",鸿雁飞的时候是成群的,有时排成一个"一"字,有时排成一个"人"字,它们要结合成一个群体来对抗老鹰等敌人。它们落在芦苇上的时候,要一个雁保持警醒,负责放哨,遇到危险可以及时给雁群发出警报。但什么叫作"断鸿"呢?"断鸿"是失去伙伴的鸿雁,没有保护的、没有群体的、没有人给它警报的。在断鸿哀鸣的叫声中,稼轩从北方来到江南,他是一个游子,也就是那只"断鸿"。他本来到江南目的是要打回去的,可是来了却不知道能不能打回去了。"把吴钩看了","吴钩"是指宝刀,稼轩有很好的身手,"壮岁旌旗拥万夫",活捉了汉奸,宝刀还在身上，可是什么时候拿我的宝刀打回去杀贼呢？"栏干拍遍，无人会，登临意"，他内心激动所以拍遍栏杆，却没有人理解他今天登高望远的这番心意。这是词的上半首。中间空两格，词有音乐性，所以它中间有一个休息。

"休说鲈鱼堪脍"，不要说现在已经是秋天了。秋天是鲈鱼最鲜美的季节，"脍"（kuài）是把鱼削成鱼片，这是一个新鲜地、美味地吃鲈鱼的方法。这里面其实有一个典故。西晋初年发生了八王之乱，大家都互相残杀，在政治斗争的残杀之中很多人都丧命了。那时候的太康诗人很多都是不得善终的。张翰（字季鹰）本来在北方做官，但是他是江南人，他当时看到战乱是非正义的、争权夺利的，就辞职不做官了。他说我是江南人，在秋天这么好的季节，我要回到我的故乡去吃莼菜羹和鲈鱼脍，他就辞官走了。辛弃疾是山东人，怎么流落到江南来了？你不要跟我说你的故乡有什么好吃的东西。"尽西风、季鹰归未。""西风"就是秋风。秋风一起，张季鹰就回到江南的家乡去吃鲈鱼脍了。现在辛弃疾说我要回山东，回得去吗？回不去！回不去了，就在南方留下来吧，在南方买个房子、买块地。"求田问舍，怕应羞见，刘郎才气"，辛弃疾的词喜欢用典故，这里用的是《三国志》中的一个典故。许汜去见陈登，陈登对许汜很不尊重，让许汜睡在下床，他自己睡在上床。后来，许汜离开陈登见了刘备，跟刘备说陈登对他的无礼。刘备说，现在是东汉的末年，天下大乱，每一个人都应该为国家着想，你这个人只知道自己求田问舍，只想你自己买田地、买房子。陈登让你睡在下床还是好的，如果是我，我自己睡在百尺楼上，让你睡在地上。这些典故是说，在国家有战乱的时候，应该以国家、人民为重，而不能追求自己的安乐与享受，成为被别人看不起的自私的人。辛弃疾说，我也想秋天回去，可是我秋天回哪里去呢？我到南方来本来是想收复故乡的，我并不想在南方终老，在这里买房子买地。

"可惜流年，忧愁风雨，树犹如此"，似水的年华是不会停留下来的。如果人生几十年一直是在平安快乐中像流水一样消逝，那也不错。可惜我的流年是经过破国亡家的苦难，"树犹如此"，不用说我们是有感情的人，就算是一棵树经过了风雨也会憔悴、也会飘零。杜甫就曾说"一片飞花减却春，风飘万点正愁人"，辛弃疾满怀这样不得志的悲慨。

"倩何人唤取，红巾翠袖，揾英雄泪"，"倩"就是"使"的意思，不知使什么人叫来一个穿着绿色的衣服拿着红色的手巾的美丽女子，"揾"，慢慢地擦干他这失志之人的眼泪。这是中国古代男子消愁解忧的一个办法，男子有了烦恼可以以醇酒妇人来消愁。这是稼轩来到南宋十多年之后作的一首词。

下面我们来看他的另外一首，《水龙吟·过南剑双溪楼》，作于宋光宗绍熙三年至五年（1192—1194）之间。

辛弃疾从二十多岁来到南方，到他六十多岁死去，中间有四十多年。本来稼轩在南方想有所作为，要收复他的故乡，但是他四十年在南方，有一半的时光竟然是放废家居，朝廷不用他。稼轩是一个真的有才干的人，不像杜甫，杜甫虽然有一个"致君尧舜上"的理想，但是真把他放到朝廷做宰相，他有没有"致君尧舜上"的本领还是一个问题，可是稼轩就不同，稼轩是有才华有勇气有志意有谋略的英雄，他一到南方就上了《九议》《十论》，都是议论天下的大势。大家有时间可以把辛弃疾的文集看一下，我年轻时曾经看过辛弃疾的文集，那真是使我感动！稼轩这个人不管是军事，不管是经济、政治、财务，他简直无所不知、无所不晓，说得头头是道。他还是个有心人，江南的形势和北方沦陷的形势他都了如指掌，但他被放废家居前后有二十年。

为什么被放废家居呢？第一次是因为他曾经在江西，他做过江西的提点刑狱，湖南的安抚使，那时国家发生了一个叛乱，辛弃疾是一个有能力的人，把这些叛乱给扫平了。后来，他给皇帝上了一个奏疏《论盗贼札子》，其中说：

> 臣孤危一身久矣，荷陛下保全，事有可为，杀身不顾。况陛下付臣以按察之权，责臣以澄清之任，封部之内，吏有贪浊，职所当问，其敢瘝旷，以负恩遇！自今贪浊之吏，臣当不畏强御，次第按奏，以俟明宪。庶几荒遐远徼，民得更生，盗贼衰息，以助成朝廷胜残去杀之治。但臣生平刚拙自信，年来不为众人所容，顾恐言未脱口而祸不旋踵，使他日任陛下远方耳目之寄者，指臣为戒，不敢按吏，以养成盗贼之祸，为可虑耳。

我孤独的一个人从沦陷区来到这里，多少人嫉妒，多少人不满意，多少人攻击我，"蒙陛下保存"。你叫我讨贼、安抚叛乱，我去做了；江西有了大饥荒，你让我赈灾，我也去赈了。凡是需要我的地方，我都尽我的能力去做了，牺牲我自己我也不顾念。你既然让我做了一个地方的长官，在我所属的地方，那些贪赃枉法的人，我应该给他们治罪。但是我这个人生来脾气不好，"但臣生平则刚拙自信，年来不为众人所容"，那些人都是退缩的、不想有所作为的，稼轩大刀阔斧地干起来，还损害了他们的利益，所以这些年来众人都嫉妒我。"顾恐言未脱口而祸不旋踵"，我所害怕的是我的话还没有说出来，我要提出来的忠告、我要提出来的弹劾还没有说呢，我的脚跟还没有转过来而灾难就来到我的头上。

这是稼轩过分地夸大吗？不是。这是淳熙六年（1179）写的，淳熙八年（1181）他就被罢免了，而这一罢免就是十多年。后来国家遇到问题，又请他出来，这已经是高宗的绍熙三年（1192）了。当时辛弃疾已经是五十多岁了，前一首《水龙吟》他写于三十多岁，这一首《水龙吟·过南剑双溪楼》写于五十多岁。这一次让他到福建去做官，他经过福建南剑州的双溪楼，双溪是两条溪水，一条从东面而来，一条从西面而来，在两条溪水交汇的地方盖了一座楼，就是双溪楼。

水龙吟·过南剑双溪楼

举头西北浮云，倚天万里须长剑。人言此地，夜深长见，斗牛光焰。我觉山高，潭空水冷，月明星淡。待燃犀下看，凭栏却怕，风雷怒，鱼龙惨。　　峡束沧江对起，过危楼、欲飞还敛。元龙老矣，不妨高卧，冰壶凉簟。千古兴亡，百年悲笑，一时登览。问何人又卸，片帆沙岸，系斜阳缆。

"举头西北浮云"，在楼上我抬头一看，西北方有一片浮云。那天的西北方果然有一片浮云吗？这是中国诗词非常微妙的地方。建安时代的曹丕有一首诗中说"西北有浮云"，所以辛弃疾当时不一定是看到天上有一片浮云，而是用了一个古人的句子。既然不见得是现实，他就有了另外的一个意思。西北是什么地方？西北是北宋沦亡的地方，是被敌人所占领的地方，西北的浮云就象征着敌人所在的地方。我辛弃疾平生的志意就是收复北方的失地，我怎么样把浮云赶走？我需一把长剑把浮云赶走。这得是"倚天万里"直冲上霄汉的长剑才可以，所以稼轩说"倚天万里须长剑"，我需要这把宝剑消灭西北的浮云，收回我们西北的沦陷的土地。

这把宝剑有没有呢？人们说可能有的。"人言此地，夜深长见，斗牛光焰"，当地人说在溪水汇合的地方，每当深夜的时候，我们常常会看到天上北斗星与牵牛星之间有一种光芒在闪动。中国古人讲究看天象，说天地相应，天上的方位相当于地上的某个方位，天上有什么现象说明地上有什么事情发生。这里为什么会有斗牛的光焰呢？这里有一个典故，出自《晋书·张华传》。张华当时做到宰相，是个很博学的人，写过《博物志》。他夜观天象，看到北斗牵牛之间有一束光焰在闪动。张华就问他的朋友雷焕，这北斗与牵牛之间的光是什么呢？雷焕说，是宝剑之光上冲于天。张华问，这个宝剑在哪里呢？雷焕说，这把宝剑应该在江西豫章城。张华是宰相，他就派雷焕去豫章做地方长官，把这把宝剑找出来。雷焕就到了江西，他看到剑气是从一个监狱出来的，就找到那个监狱，从屋子地下挖出来一对宝剑，一个名为"龙泉"，一个名为"太阿"。雷焕将其中一把给了张华，一把自己留下。后来西晋发生了"八王之乱"，张华死于乱中，他的那把宝剑下落不明。雷焕后来把自己那把剑传给他的儿子雷华。雷华有一天佩戴着这把宝剑经过剑溪，就是稼轩词中所写的南剑双溪楼这个地方。他的宝剑脱鞘而出，跃入了溪水当中。他就让人下水去找，下水的人没找到，回来报告说"下去之后，没看到宝剑，只见两条龙在水底游"。这是中国的正史《晋书》中所载的，《晋书》是中国正史中所载稀奇古怪的故事最多的一本史书。稼轩词中说"人言此地，夜深长见，斗牛光焰"，我正需要一把宝剑赶走西北的浮云，我也要找一找那两把宝剑。这时"我觉山高，潭空水冷，月明星淡"，一个名词一个形容词相结合，山是高的，深潭是空旷的，而潭水是寒冷的，月光明亮，星光黯淡，宝剑在哪里呢？宝剑的光芒在哪里？找不到又怎么样？辛弃疾却不肯罢休，他放废家居，不管是十年还是二十年，国家不让他出来则已，只要让他一出来，他就要有所作为，要用宝剑扫除西北的浮云，所以找不到我也要再找一找。"待燃犀下看"，因为普通的灯火一遇水就灭，古人传说把犀牛的角点着火，下水之后火光不灭，这也是《晋书》中所记载的。晋朝有个人叫作温峤，有一天他经过一个地方叫作牛渚矶，听人说牛渚矶下有一些水怪，温峤叫人燃犀下看，果然火光一照，看到很多稀奇古怪的东西。辛弃疾借这个典故说，我就要燃犀下去找到那把宝剑，扫除西北的浮云。但是，刚刚要走到栏杆的旁边，他停住了，"凭栏却怕，风雷怒，鱼龙惨"，我正要下去，但怕风雷大作、鱼龙惨变，他恐怕当时的政治、当时的朝廷不允许他这样做。

　　我眼前是什么景色？双溪楼是"峡束苍江对起，过危楼、欲飞还敛"，东边来了一条溪水，西边也来了一条溪水，两个水一冲击溅起来的浪花非常高，两边都是高山，山峡约束，水花溅起很高，但是飞不出去，所以是"峡束苍江对起，过危楼、欲飞还敛"。水花经过双溪楼的楼下，它何尝不想飞出去，但两边都是高山的束缚，它飞不出去。这是稼轩被放废之后起用，想有所作为的时候依然有很多约束，而且不久以后，他又遭遇到了第二次弹劾，又被免官了，在家十多年。

下面说"元龙老矣，不妨高卧，冰壶凉簟"，元龙就是《三国志》中的陈登，陈登本来是志在国家社稷，他看不起许汜只买房子买地，不关心国家人民，只想到自身的享受。可是陈元龙老了，你老了，你就不得不找一个安身的地方。你年轻的时候不在乎，这里也可以闯一闯，那里也可以闯一闯，你不在乎地闯荡，不在乎你的受苦和流浪。可是"元龙老矣"，就要安顿下来，"不妨高卧，冰壶凉簟"。你本来不愿意高卧，你本来想有所作为，你看不起那些买房子买地的人，但是你老了，你也不妨高卧，你找个地方安定休息一下，找一壶冰的冷饮，铺一张凉爽的竹席，你好好地休息休息，这是辛稼轩慨叹自己的人生。他这时已经是五十多岁奔六十岁的人了，他还能够挣扎到几时？所以他说我虽然不甘心，我虽然不愿意买房子置地，可是我现在没办法，我不得不终老了。可是我辛弃疾真的就把我平生的理想志意完全忘记了吗？怎么能够忘记呢？"千古兴亡"，且不说我们刚才讲到的三国的陈登、刘备，晋朝的张华、雷焕，这千古的人都过去了。三国纷争，如今魏何在，蜀何在，吴又何在？李太白说得好，"吴宫花草埋幽径，晋代衣冠成古丘"。我辛弃疾人生一世不过百年，我从二十岁起义投奔到南方，现在差不多六十岁了，我的一生一世有多少悲欢哀乐。我当时刚刚到南方来"壮岁旌旗拥万夫，锦襜突骑渡江初"；我现在呢？"追往事，叹今吾，春风不染白髭鬚"。我的头发胡子白了，再也不能黑了。过去的永远不会回来了，当年的那种豪情壮志就算还有，又能做出什么事业来呢？千古的兴亡是历史的，百年的悲笑是我个人的。就在今天，就在现在，就在我登上双溪楼的时候，"一时登览"，所有这些一时都翻腾在我的心胸脑海之中。"问何人又卸，片帆沙岸，系斜阳缆"，你还是不甘心吗？你的人生怎么样走下去呢？辛弃疾一生有过不少的计划，有过不少的作为，经历过不少的挫折，可是现在他从楼上往下看，看见有一个人把船停下，"又卸"说明不止是一次，而是又一次把船帆卸下来了。你若把船帆挂上，船就迎风而去，把船帆卸下来，这船就不能走了，在哪里停下呢？就在那沙滩的水岸上。不但是把船帆卸下来，而且把缆绳绑在岸上的一个树桩上。在斜阳当中，我辛弃疾的一生是不是就算了？随着我的一生的报销，我们的国家南宋是不是也就这样报销了？这是稼轩的悲慨。

我们说他是一本万殊，他在前面那首词中也用了陈登的典故，现在这首词也用了陈登的典故。那个时候他是"求田问舍，怕应羞见，刘郎才气"，现在是说"元龙老矣，不妨高卧，冰壶凉簟"。不同的风格、不同的内容，但是稼轩的意识活动有一个固定的形式（pattern）。我以为，稼轩的形式可以用这首词中的几句话来描写，就是"峡束苍江对起，过危楼、欲飞还敛"。稼轩平时的志意都是"欲飞还敛"，他总是想要奋发，却总是被压下来，所以他的词当中总是这两种力量的冲击和回荡。

本文据2010年天津军事交通学院演讲整理而成

李云 整理

三

张惠言:《水调歌头·春日赋示杨生子掞》五首中的儒家修养

一般说起来，大家总觉得中国传统的儒家思想讲的都是礼义道德，都有一种教训的性质，恐怕不会想到，还有人能够用儒家的义理写出这么美丽的小词来。我先简单介绍一下张惠言的生平，为大家了解他的五首《水调歌头》（春日赋示杨生子掞）做一个准备。

张惠言（1761—1802）是江苏武进人，武进就是现在的常州市，因此他所开创的词学这一派就被称为"常州词派"。张惠言的祖父名叫政诚，在到顺天去参加乡试的时候死在了京师，没有功名，死时只有三十五岁，而那时他的父亲只有九岁。张惠言的父亲也没有科考的功名，去世的时候只有三十八岁，那时张惠言才四岁，他有一个姐姐才八岁，还有一个弟弟是遗腹子，是他父亲去世之后才出生的。所以张惠言的家庭是两代孤寒。在他小时候，家中靠母亲和姐姐做女红维持生计。到他九岁时，有一位住在城里的世交长辈接他到城里读书，他的母亲和姐弟仍在乡下。有一次年节假期，他傍晚回到家里，家里正没有晚饭吃，饿了一顿，第二天早晨他就不能起床。他的母亲对他说："你已经不习惯挨饿了吗？要知道我和你的姐姐弟弟经常过的就是这样的生活啊。"他在城里读书读了四年，十三岁的时候回到家里，自己亲自教弟弟读书。每天晚上点一盏孤灯，母亲、姐姐在灯下做女红，张惠言和他弟弟就在灯下读书。经过这样的苦读，张惠言在乾隆五十一年（1786）考中了举人，在嘉庆四年（1799）考中了进士。当初由于祖父和父亲都没有功名，所以最初他用心学习的是"时文"，就是考试专用的八股文。可是他后来对古文发生了兴趣，在古文里他发现有人经常谈到"道"，像韩退之就曾经写过《原道》，所以他就一心想要探寻这个"道"，想要了解儒家所谓的"道"究竟是什么东西。

说到这里，我觉得我在这点上跟张惠言也有同感。我开蒙第一本书读的就是《论语》，小孩子当然读不懂，但被要求背诵。我记得第一次读到《论语·里仁》中的"朝闻道夕死可矣"时，我就感到很大的震撼，而且直到现在仍然有这种感受。事实上，《论语》里的一些话，在我的一生中都对我发生过很大的影响。我大学毕业以后到中学去教书，那时候的妇女都穿长袍子，在骑脚踏车的时候长袍子后面磨破了，我就找一块同样颜色的布在后面补上。穿着这样的衣服站在讲台上给学生上课，我并没有觉得有什么不好意思。这就是因为我记得《论语·里仁》里面说，"士志于道而耻恶衣恶食者，未足与议也"。一个读书人如果有理想，如果你追寻儒家的"道"，但却又因为自己的衣服不如人家华丽食物不如人家精美而感到羞愧和耻辱，这样的人就提不到话下了。我有一年到新加坡讲学，毕业班的同学请每个老师都给他们写出自己终身最受用的、受影响最大的一句话。他们找到我，我说影响我的不是一句话，而是一本书，那就是我开蒙读的第一本书《论语》。孔子他不但说过"朝闻道夕死可矣"，说过"士志于道而耻恶衣恶食者，未足与议也"，他还说过他的学生子路，说他"衣敝缊袍与衣狐貉者立而不耻"（《论语·子罕》）。穿一件破棉袄跟穿着狐皮袍的人站在一起而不以为羞愧。为什么？那就是因为你心里有一个"道"。中国儒家说得好，你如果有"道"的话，可以"知者不惑，仁者不忧，勇者不惧"（《论语·子罕》）。我认为我就是靠小时候所读的书，靠儒家所谓的"道"才没有被苦难摧毁，才能够一直坚持下来。

单只讲儒家的修养很容易让人觉得枯燥和空洞，所以我们不妨通过张惠言的几首词，看他是如何把儒家的修养和儒家的义理写成美妙的小词的。

勉励学生之作

《水调歌头》是大家都熟悉的一个词调，苏东坡的

"明月几时有，把酒问青天"就是《水调歌头》。本来小词一般只有一个牌调，不一定有题目，不过张惠言的这五首《水调歌头》下面有个题目"春日赋示杨生子掞"。

"杨生子掞"是谁呢？他是张惠言的一个学生，并不出名，只有张惠言的文集里边几次提到了他，在《茗柯文》的外编里有一篇《赠杨子掞序》。其实这还不是张惠言以自己的名义给学生写的赠序，而是代杨子掞的一个朋友写的。这篇序文里提到"某曩在京师，与子掞共学于张先生，先生数言子掞可与适道"。这个"某"，就是张惠言代他写序的那个杨子的朋友，意思是，我从前在京师的时候曾和子掞同学，都是张先生的学生。"适"者，往也。他说张先生屡次夸奖子掞，说这个人可以跟他一起追求儒家之"道"。

由此可见，这个杨生是很被老师看重的，是张惠言的高足。《茗柯文》的补编卷上有一篇《跋邓石如八分书后》，提到杨子掞喜欢八分书；《茗柯词》里面还有一首《水龙吟·荷花》也是为杨子掞写的，大约跟《水调歌头》五首都是同时之作。

提到这个"先生数言子掞可与适道"，我就又联想到孔子的一段话：

> 可与共学，未可与适道；可与适道，未可与立；可与立，未可与权。(《论语·子罕》)

也许你交往了许多朋友，但这些朋友是不同的：有的人你可以和他一同学习，却不能和他一起去追寻"道"；有的人你可以和他一起去追寻"道"，却不能够和你一起守住这个"道"；有的人可以持守住这个"道"，但却只知死守不懂得变通。所以，儒家的道理并不是死板的教条。孔子其实是非常有智慧的一个人，他总是结合每个学生不同的情况来教导他们。

有一次，他的学生冉有来问他："闻斯行诸？"意思是，我听到一个好的道理，马上就去实行吗？孔子说："闻斯行之。"不错，你听到应该做的就要马上去做。冉有出去了，子路进来也问："闻斯行诸？"孔子说："有父兄在，如之何其闻斯行之？"说你上面有父亲、有哥哥，你怎么能够听到了什么就不顾一切地去做？于是，就有人疑惑了：为什么同样的问题却有不同的回答呢？孔子解释说：

> 求也退，故进之；由也兼人，故退之。(《论语·先进》)

因为这两个学生的性格不同，所以孔子才给他们不同的回答。

孔子还说过：

> 言必信，行必果，硁硁然小人哉。（《论语·子路》）

这话更容易产生误会了：我说了话就一定守信用，我做了事就一定要对人有一个交代，这不是一种好品质吗？为什么"言必信，行必果"的人反而是"硁硁然"的"小人"呢？"硁硁然"，有简陋固执的意思。很多人以为儒家都是教条，其实不是的。孔子的意思是，儒家所注重的品德不是一个死板的教条，一个人没有持守当然不好，可是有了持守之后就只会死板地持守住还不够，还要"可与权"。"权"的本义是"秤锤"的意思，后来引申为权变之意。用秤称东西，如果这边重，就要把秤锤往那边挪一下，如果这边轻，就要把秤锤往这边挪一下，这是可以调整的。所以你们看，孔子不但是一个非常有智慧的人，而且是一个能够变通的人，一个非常有诗意的人。

现在我还要提到一点：张惠言既然是学"道"，所以他读儒家的书，研究了儒家的经典《礼》和《易》，而且他精通"虞氏易"。在三国时候有一个治《易经》的学者叫虞翻，虞翻这一派的易学很注重"易象"。因为《易经》的符号都代表宇宙之间的各种形象，它的义理都是从符号的这个"象"里边表现出来。"道"是抽象的，而形象是具体的，所以道理可以通过一个形象表现出来。因此我认为，张惠言之词学，跟他精通"虞氏易"有很大关系。就是说，真正好的小词里面的种种形象，常常会在有意与无意之间流露出某种义理，张惠言研究过《易经》的形象，所以他对于小词的这种品质就一定会特别有他的心得。

张惠言的词学观点

下面，我简单介绍一下张惠言的词学观点。张惠言编过一本书叫作《词选》，书的前面有一篇序言就叫作《词选序》。在这篇文章里张惠言说：

> 传曰：意内而言外谓之词。其缘情造端，兴于微言，以相感动。极命风谣里巷男女哀乐，以道贤人君子幽约怨悱不能自言之情。低徊要眇，以喻其致。

很多人不赞成张惠言，认为他牵强比附。你看他这段话的开头就是牵强比附，所谓"意内而言外谓之词"，这是《说文解字》上的解释语言文字的那个"词"，张惠言把《说文解字》对"词"字的解释拿来讲文学创作的小词，这当然是牵强附会了。这句话我们暂时先不要管他，重点放在张惠言如何用小词里的形象来传达儒家的义理。张惠言说，小词是"缘情造端，兴于微言，以相感动"。"造端"，就是事情的一开始。小词一开始本来是"缘情"的作品，你看最早的词集晚唐五代的《花间集》里边所编选的，都是文士给歌妓酒女写的歌词，内容都是美女与爱情。"兴于微言"的"兴"是说，它可以引你产生一种兴发感动。可是什么叫作"微言"呢？张惠言所说的"微言"这两个字是非常妙的。和我合作写过《灵谿词说》的四川大学的缪钺教授，多年前曾写过一篇题目叫《论词》的文章，说词的特点是"其文小，其质轻"。我们常说小词小词，一般词人是不写"致君尧舜上，再使风俗淳"之类治国安邦的大道理的。小词所写的都是那种不重要的话，是"风谣里巷男女哀乐"——市井里巷之间青年男女的相思恋情，所以是"微言"。可是当它"极命"——把这个内容写到极点的时候，张惠言说，它就可以传达表述"贤人君子幽约怨悱不能自言之情"

了,这句话非常值得注意。"贤人君子",是有品格的、有修养的、有学问的那些人,还不是仅仅"以道贤人君子之情",还是"贤人君子"的那些最幽深、最隐约、最哀怨、最悱恻的感情。而且这样还不够,还"低徊要眇,以喻其致"——要写得低回婉转、要眇幽深来表达出那种姿态。你看,他不是以"言"其致,不是以"写"其致,而是以"喻"其致。"喻",就是一种兴发、一种引申、一种象喻。象喻什么?象喻那种"致"。"致"是一种姿态、一种味道,并没有完全说出来,但是可以让你体会得到。

《水调歌头》之一

看过了张惠言这段论词的话,现在我们就来读他《水调歌头》的第一首:

> 东风无一事,妆出万重花。闲来阅遍花影,惟有月钩斜。我有江南铁笛,要倚一枝香雪,吹彻玉城霞。清影渺难即,飞絮满天涯。 飘然去,吾与汝,泛云槎。东皇一笑相语,芳意在谁家。难道春花开落,更是春风来去,便了却韶华。花

外春来路,芳草不曾遮。

当我读这首词的时候,有些字的读音与普通话的读音不完全一样。比如"妆出万重花"的"出",本来应该读平声 chū,这里我为什么要读为 chù 呢?我们知道,中国诗词的美,不只是文字和感情的美,也包含了声音的美,所以诗词里面声调是非常重要的。这个"出"字本来是入声,在平仄上属于仄声,可是现代汉语的发音已经没有入声,这个"出"字已经纳入了平声。但古人填词的时候却是把这个字当作仄声来用的。如果按现代汉语把它读成平声,在这个地方就失去了音调之美。那么作为北方人,我不会读入声字怎么办?为了保持诗词本身的美感,就要尽量读成仄声,所以我把它读成 chù 的声音。

张惠言《水调歌头》五首美妙的小词写的是什么?写的是儒家品质的修养,是儒家的义理!很多人都说,在目前这个物欲横流的时代,大家要能够持守住国学的传统是何等重要的一件事,同时又是何等不容易的一件事。张惠言所写的这几首小词,就是他对一个学生的勉励。而如前所言,这个"杨生子掞"又是他认为"可与适道",也就是可以和他一起追寻人生之道的一个学生。

"东风无一事，妆出万重花"写得真是非常美丽，而且里边蕴涵了非常精微的感受。"东风"，是春天的风，是使万物萌生的风。正如李义山的《无题》诗所说"飒飒东风细雨来，芙蓉塘外有轻雷"。大家会注意到，我在讲张惠言的时候常常会引别人的诗词，这在西方文学理论中叫作"Intertextuality"，这个词是法国女学者茱莉亚·克里斯蒂娃（Julia Kristeva）提出来的。"text"是文本，"inter"是文本之间，所以这个词翻译成中文就是"互为文本"。也就是说，由这个文本让你联想到另外一个文本。西方符号学认为，在一个 text 的文本里面，它的每一个语言的符号都有可能包含多层的含义。当一个语言的符号在一个国家或一个民族的文化传统之中有了悠久的历史，被很多人使用过的时候，这个符号里边就携带了大量的信息，这样的符号我们说它是一个"culture code"（文化的符码）。

我刚才为什么从"东风无一事"联想到李商隐的"飒飒东风细雨来"呢？李商隐在前，是唐朝人；张惠言在后，是清朝人。那么张惠言从古代那些诗文读下来，这"东风"两个字就成了一个文化的符码，带有大量的历史文化信息。"东风"所带来的信息是什么？在我们中国的地理位置上，春天刮的是东风，夏天是南风，秋天是西风，冬天是北风。所以东风就是春天的风，是使万物惊醒和萌生的这样一种风。李商隐说，飒飒的东风，伴随着春天的好雨已经来到了。为什么说春天的细雨是好雨？杜甫不是说过吗，"好雨知时节，当春乃发生。随风潜入夜，润物细无声"（《春夜喜雨》），春天的好风和好雨，都是可以滋生万物的，是被人们盼望的。在东风到来的时候，不但草木萌生了，而且冬眠的动物和冬天潜藏在地底下过冬的那些虫子也都被惊醒了。还不止如此，还有你的心，你追求美好愿望的那一颗心也被唤醒了。1979年美国有一位学者艾伦·布卢姆写过一本书叫作《美国精神的封闭》(*The Closing of the American Mind*)。"closing"是关闭的意思，美国人的心灵怎么会关闭起来呢？作者说那时候美国的青年人都再也没有远大的理想和志意，只能够看到眼前的物利与欢乐。这就是一种心灵的关闭，是很可悲哀的一件事情。而当那"飒飒东风细雨来，芙蓉塘外有轻雷"的时候，当那"好雨知时节，当春乃发生。随风潜入夜，润物细无声"的时候，你的心灵苏醒了吗？你认识到那生生不已的大自然所包含的天理了吗？

我现在从张惠言谈到了李商隐，从李商隐又谈到了杜甫，这都是由中国传统文化的符码所引起的。"东风"，就这么简单的一个词，就能够传达出如此多的文化信息。很多青年人常说看不懂古典诗词，那是因为他们不熟悉中国文化的传统。只要你读过了很多历代的作品，只要你熟悉和了解了中国文化的传统，你就可以从那每一个词语里边接收到大量的信息，你就能够理解那些诗人的感情和他们的生命体验。

"东风无一事，妆出万重花"，上天真是对得起我们，它不需要我们提供一个理由，它甚至没有说一句话，没有任何自私的目的，就使得大地的春天开满了鲜花。北京的春天是很美丽的，春天开的有桃花、杏花、梨花、榆叶梅，还有玉兰花。后来我到了温哥华，那里更是"春城无处不飞花"，每到春天整条街整条街的路两边都是花。所以，"东风无一事，妆出万重花"，你一定要注意这个"妆"，它不是"假装"的装和"装饰"的装，它是"化妆"的妆和"妆点"的妆。"万重花"，是万紫千红的美丽的花朵。前几天我在天津给农学院的学生讲了一位科学家写的词。那是一位研究古代农学的专家，同时也是一位词人，名字叫石声汉，现在已经去世了。他写了12首《望江南》的小词，完全是以蚕来作为象喻，写自己对生命的看法，写人的生命的意义和价值究竟在哪里，写得也是非常之美。比如有一首他说："无限意，渊默自堪传。未著迹时皆妙谛，一成行处便陈言。春梦几时圆。""渊"，是渊深；"默"，是沉默。他说他有说不尽的这么多的情意，但是他不说出来，因为那是不必说出也无法说出的。这使我联想起《论语·阳货》里边孔子跟他的学生子路的一次谈话。孔子说，"予欲无言"——我不想再说什么话了。子路说，"子如不言，则小子何述焉"——老师不说话，我们学什么我们记什么呢？孔子说，"天何言哉？四时行焉，百物生焉，天何言哉"——天何尝说过什么话？但四时在运行，万物在生长。天说了话吗？没有啊！所以这"无限意"，是"渊默自堪传"。最高的境界，是你不说话就发生了这样的事情。因此，"东风无一事"，就"妆出"了"万重花"。上天什么话也没说，就给了我们这么美好的春天和这么美丽的花朵。

那么，你如何对待上天给你的"万重花"呢？张惠言写得非常美："闲来阅遍花影，惟有月钩斜。"我刚才讲，张惠言说小词是"兴于微言"，是那些个"微言"使你产生感动与兴发。如果我再引用一个西方符号学术语的话，那就是"micro-structure"（显微结构）。显微结构是指符号本体所具含的那种最精微、最细致的质素，那也很像张惠言所说的这个"微言"。上天给了你美丽的万重花，可是你整天忙于为生活与利禄而奔波，你有心去赏花吗？所以他说是"闲来"阅遍花影，而且你要注意，他阅的还不是花而是"花影"。北宋词人张先说"云破月来花弄影"（《天仙子》），云彩散了月亮出来了，风一吹花影就摇动，好像花自己在舞弄和欣赏自己的影子。是谁"闲来阅遍"这些花影呢？从前边看下来当然应该是作者，但下面还有一句呢，说是"惟有月钩斜"——这个"斜"字押韵，所以我念 xiá——那个"阅遍花影"的还不是我张惠言，它的主语在后面，是"惟有月钩斜"，只有那天上的一弯斜月。真是写得妙极了！这就是张惠言《词选序》上所说的"幽约怨悱不能自言之情"，是你说不出来的一种感情。而且你看"月钩斜"的那种情致，连那一钩斜月也充满了正在生长着的生命啊！这是说的大自然：大自然妆出了万重花，天上的月在欣赏万重花。那么我们人呢？你对得起这万重花吗？你难道连月都不如，你都不会欣赏了吗？

　　小词真的是妙，这也是我之所以愿意讲小词的缘故，因为我愿意把我的感受告诉给大家：小词虽小，但它不是枯燥无味的，它有生命，有感情，而且每一个词语都有非常微妙的作用。既然上天给予了你，那么你有什么对得起上天呢？张惠言接下来说，"我有江南铁笛，要倚一枝香雪，吹彻玉城霞"。我有什么？有"江南铁笛"。这个词语又妙了："铁"是多么刚强，而"江南"又是多么温柔多情!"江南铁笛"有一个典故:宋朝的朱熹写过一首题为《铁笛亭》的诗,诗前边有一个序,序里面说福建武夷山中有一个刘姓的学道之人,这个人善吹铁笛,他吹的不是竹笛,不是玉笛,而是"铁笛"。当时有一个姓胡的诗人就赠给这位刘君一首诗,说"更烦横铁笛,吹与众仙听",我要麻烦你吹起你的铁笛,吹给天上的神仙们听。你看,这铁笛是可以"吹与众仙听"的。那么我在哪里吹我的铁笛?是"要倚一枝香雪"。"香雪"指梅花,他说我要有江南的铁笛,我要靠近一枝香雪的梅花,而且要"吹彻玉城霞"——使我的笛声一直飘到天上,飘到"玉城"的云霞之中。"玉城"是神仙所居,李白有一首诗说"遥见仙人彩云里,手把芙蓉朝玉京"(《庐山谣寄卢侍御虚舟》),"玉京"也就是"玉城"。"我有江南铁笛,要倚一枝香雪,吹彻玉城霞",张惠言说,因为我受了感动,所以我要让铁笛的声音一直传到天上的玉城,让那玉城上的云霞都受到感动。这是理想啊。我刚才说过,一个人应该"志于道",应该有理想,而且当你有了一个美好理想的时候,你就会去追求这个理想。

很多人都在追寻自己的理想,可是那些美好的理想都能够完成吗?未必,是"清影渺难即,飞絮满天涯",不但你的理想可能会落空,而且你的青春年华也是不等待你的啊。这一首小词真是跌宕起伏,写出了我们人生种种的经历。很早之前我写过一篇文章讨论王国维的一首《浣溪沙》:

> 山寺微茫背夕曛。鸟飞不到半山昏。上方孤磬定行云。　试上高峰窥皓月,偶开天眼觑红尘。可怜身是眼中人。

王国维说,在落日余曛之中,在鸟飞不到的高山之上,远远地传来了寺庙中美妙的磬声,它吸引了我,我要攀上高峰去追寻。可是当我爬到半山腰的时候,我偶然间低头向下一看,就看到了那滚滚红尘中蠕蠕蠢蠢的众生,而我自己不也是这众生之中的一个吗?这真是悲哀,是一种追求不到的悲哀。所以张惠言说,"清影渺难即,飞絮满天涯"。天上的玉城霞影那么遥远,我没有能够接近它,我没有能够达到。可是,春天等待你吗?它不等待的,转眼之间就是花落絮飞,春天很快就过去了。

在刚才我说过的那篇《赠杨子掞序》里边张惠言还曾提到,说这个学生虽然有求"道"之心,可是他也曾对老师说过,说他自己有时候常常软弱,常常觉得自己是失败的。所以，张惠言才写了这五首词来勉励他。你看这一首，写到"清影渺难即，飞絮满天涯"就跌下来了，可是紧接着下半首又重新翻起："飘然去，吾与汝，泛云槎。"这典故出自《论语》。孔子说，"道不成，乘桴浮于海，从我者其由也与"（《论语·公冶长》）——如果我的理想不能够实现，那我就带着我的学生乘一个木筏远远地漂到海上去。所以，既然是"清景渺难即，飞絮满天涯"，那么我们就"泛云槎"，就"乘桴浮于海"吧。而当我们要离开这个尘世，要飘然地乘槎远走的时候——你看词人的想象有多么微妙——"东皇一笑相语，芳意在谁家"？"东皇"，就是春神。他说我好像看见了那个春神，他对我嫣然一笑，而且还对我说了话，说春天那真正美好的、芬芳的生命谁又能够掌握得住？我们哪个人能够掌握得住？所以，我们不能仅仅从外表的色相来认识春天。

"难道春花开落，更是春风来去，便了却韶华？"难道你就像那春花开落和春风来去一样来了又走了？难道你就让你那青春美好的生命如此过去了吗？更何况，那春天果真就走了吗——"花外春来路，芳草不曾遮。"春天来的那条路就在花外，芳草并没有把那条路隔断，春天并不在远处，它就在你的眼前啊！《论语》上说：

仁远乎哉？我欲仁，斯仁至矣。仁远乎哉？（《论语·述而》）

孔子说：仁就那么难求吗？仁离你很远吗？只要你真的追求它，它马上就到了。苏东坡年老时眼睛都昏花了，他曾经写过两句诗，"浮空眼缬散云霞，无数心花发桃李"（《独觉》）。他说我老眼昏花，看空中到处都是云霞一样的烟雾迷茫，我的眼睛虽然看不见了，我的心里边却有万紫千红的美丽的花都开了。清朝有一个人参加科举考试，在殿试的时候写了一句诗"花落春仍在"，他就因这句诗被欣赏而高中，那就是俞樾，所以俞樾书房的名字就叫"春在堂"。所谓"花落春仍在"，他认为花虽然落了但春天并没有离开，春天永远留在我的心里。你看，这就是学道之人所应该有的情怀。

《水调歌头》之二

我们现在看他的第二首《水调歌头》：

百年复几许，慷慨一何多。子当为我击筑，我为子高歌。招手海边鸥鸟，看我胸中云梦，蒂芥近如何。楚越等闲耳，肝胆有风波。　　生平事，天付与，且婆娑。几人尘外相视，一笑醉颜酡。看到浮云过了，又恐堂堂岁月，一掷去如梭。劝子且秉烛，为驻好春过。

前面第一首说"难道春花开落，又是春风来去，便了却韶华"？已经提到了生命的短暂，所以第二首接下来就说了："百年复几许，慷慨一何多。"人生一世不过百年，生命何其短暂！而在这百年之中你又有多少忧患、多少苦难、多少生离死别！所以，在如此之苦难的、使你悲哀感慨的人世之中，"子当为我击筑，我为子高歌"。"子"，当然是指他的学生杨子掞，但这里用了一个典故。《史记·刺客列传》中记载，荆轲和高渐离是好朋友，他们常常在燕市喝酒。喝醉之后，高渐离就为荆轲击筑，荆轲就旁若无人地高歌。所以，"子当为我击筑，我为子高歌"这两句里面，充满了荆轲跟高渐离两人那样相知的友情和相惜的悲慨。

"招手海边鸥鸟，看我胸中云梦，蒂芥近如何"，"海边鸥鸟"出于《列子》。《列子》上说：海边有一个人，他曾经到海上，鸥鸟都下来与他嬉游，有一天他的父亲就跟他说:"明天你到海上捉一只鸥鸟回来。"第二天这个人再到海上去,想要捉一只鸥鸟,可那鸥鸟就"翔而不下",再也不肯降下来了。那是因为,这个人现在有了"机心"。机心者就是算计之心,他算计要把鸥鸟捉下来,所以鸥鸟就再也不和他玩了。而"招手海边鸥鸟"则是说,我没有这种机心,我不会算计你们。苏东坡有一首《八声甘州》里边有这样两句,"谁似东坡老,白首忘机"——这个"忘"字应该念作平声 wáng,不能念作仄声 wàng。宋朝有新党旧党之争,苏东坡几次在新旧党争中被贬到远方去,但是他说,你们谁能像我老东坡,虽然我头发都白了,可是我早已没有了那种对得失利害的计较之心。你看苏东坡,他经历了许多苦难,朋友们写信来安慰他,可是他说:"吾侪虽老且穷,而道理贯心肝,忠义填骨髓,直须谈笑于死生之际。若见仆困穷,便相于邑,则与不学道者,大不相远矣。"(苏轼《与李公择书》)学道的人学的是什么?学的就是这种旷达磊落的胸怀啊!

"看我胸中云梦,蒂芥近如何"出于司马相如的《子虚赋》,说是有一位"子虚先生"和一位"乌有先生"在那里相互夸口,子虚先生说,我们楚国有一个云梦湖,它有九百里之大,那里有怎样怎样丰富的物产。然后乌有先生就说,我们齐国的地方更大,可以

"吞若云梦者八九于其胸中曾不蒂芥",就是说,我们齐国可以把你们楚国云梦这样的八九个大湖都吞入胸中,而且不留蒂芥。"蒂芥",是当你吞下东西的时候卡住了,总觉得有一个什么东西横在那里的那种感觉。乌有先生说,我们把你们的云梦吞在胸中那真是小事一件,胸中连一点感觉都没有。当然了,张惠言在这里用这个典故,目的并不在那齐国楚国的争论,而是要说一个人的胸怀可以有多么宽广。

人生百年,会遇到多少忧患、多少苦难、多少得失、多少利害!我曾听北师大的几位老师和同学说,近几年高校的学生和老师常常有自杀的。其实不只是国内有这样的事情,我在加拿大时也听闻一个中国留学生得了两个博士学位,却自杀了。这都是为什么啊!你看人家张惠言说,虽然"百年复几许,慷慨一何多",可是我"招手海边鸥鸟,看我胸中云梦,蒂芥近如何"?他说这一切忧患苦难和得失利害都没有在他的胸中留下任何一点儿蒂芥。因为他明白,"楚越等闲耳,肝胆有风波",这话出于《庄子》。《庄子·德充符》说:"自其异者视之,肝胆楚越也;自其同者视之,万物皆一也。"就是说:你自己体内的肝和胆是距离最近的,但是如果你只从"异"的角度来看,则它们之间也可以像楚国和越国一样距离遥远;可是如果你能够从"同"的角度来看，则万物都是一样的，哪怕是楚越之远也可以变得像肝胆那么近。这完全在你自己，在于你怎么去看问题。你能够"自其同者而视之"，就可以把一切都包容在你的胸中；你总是"自其异者视之"，则你自己的肝胆都会敌对斗争起来，使你永远得不到平静。你看张惠言，你看他的诚恳，你看他的转折，你看他的胸怀！他是在跟他的学生谈如何学"道"，谈的都是儒家修养的境界，涉及怎样对待社会的现实，怎样找到人生的道路，怎样保持内心的持守。

"生平事，天付与，且婆娑"，孔子说"五十而知天命"，人生真的有命运吗？什么叫作天命？其实孔子所说的"知天命"，是指你有一天能够认识到天理之自然、义理之当然、事理之必然，这样你对于人生真正的道理就有了一个了解，你就能够知道你自己应该走一条什么样的路，你就有了一种去选择、去持守的智慧。"婆娑"，就是婆娑起舞的一种悠游从容的姿态。你为什么要强求？为什么要自杀？为什么不能从容地、悠游地看待那些不如意的事情？就是因为你还没有这个智慧。

"几人尘外相视，一笑醉颜酡"，在大家都追求物利、讲究得失、弄虚作假和贪赃枉法的时候，有几个人能够超越红尘，心游物外，旁观者清？如果真有这样的人，他说我们就"相视"而且"一笑"。常言道，"相视一笑"，就"莫逆于心"。《楚辞·少司命》还说过，"满堂兮美人，忽独与余兮目成"——你不用说话，你的眼睛一看我的眼睛，我们就互相了解了，我们两人就完成了一个彼此的约言。这就是所谓"目成心许"啊，在这个世界上有几个人能跟你有这样相知相得的交往？"一笑醉颜酡"，他说我们就都把得失置之度外，我们一起喝一杯酒，脸上都泛起了酒后的红润。

"看到浮云过了"，什么是"浮云"呢？《论语·述而》说，"不义而富且贵，于我如浮云"，对世界上的事哪些该做哪些不该做，你要有一个分辨。前面我提到过孔子说"言必信，行必果，硁硁然小人哉"，这是在批评有的人虽有持守却不知道权变。好，那你说你现在把得失利害都放开了，你豁达了，你万事都不在乎了。这同样是不对的，因为你还不懂得"权"，所以孔子说有的人"可与立"却"不可与权"。因此张惠言他说"看到浮云过了"——一切的得失利害都过去了我们怎么样呢，难道我们就天天喝酒，什么都不在乎了？当然不是的。好，他现在又拉回来了："又恐堂堂岁月，一掷去如梭。"

刚才我提到苏东坡，他对于自己个人的得失利害毫不在乎，可是他只要被召回到朝廷，只要看到与民生疾苦有关的事情，他都要说话，完全不顾及个人的安危。历史上还有一位有名的词人叫周邦彦。苏东坡跟周邦彦都生在北宋，都经历了党争，但两个人的行为处事大有不同。周邦彦是在神宗推行新法的时候入学做了太学生，然后因歌颂赞美新法从太学生一变而升为太学正。等到神宗去世小皇帝哲宗即位，太皇太后执政，把新党的人都贬出去了，周邦彦也被贬出去了。十年以后哲宗亲政时他又被召回来，而这次他就学乖了，从此以后什么话都不说，"人望之如木鸡"，他还自以为得意。周邦彦的词也写得好，但他跟苏东坡的人生态度是不同的，苏东坡是把自己的得失置之度外，而周邦彦之所以什么话都不说就是因为放不下自己的得失。所以说，所谓"放下"并不是不分青红皂白把一切都放下，而是该放下的要放下，不该放下的就一定要持守住。这是最大的差别。所以你看张惠言他不是说"一笑醉颜酡"吗？不是说"天付与，且婆娑"吗？但他不是说到这里就完了，他下面又接着说："看到浮云过了，又恐堂堂岁月，一掷去如梭。"难道你就这样不分黑白、不关痛痒、不问是非地把这一辈子就过去了吗？你把你的"堂堂岁月"、你的美好的年华，就这样抛掷如梭吗？"梭"就是织布的梭，它在织布机上被丢来丢去丢得飞快，所以是"一掷去如梭"。你要注意他这个"一掷"用得也很妙。谁掷谁？是岁月把我们抛掷了？还是我们把岁月抛掷了？岁月堂堂地过去，不管我们的衰老，这是岁月抛掷我们；而我们把宝贵的时间都给荒废了，这是我们抛掷了岁月。总之你要有一种觉悟，要有一种旷达，该放过去的你要放过去，该掌握住的你要掌握住。

最后张惠言说："劝子且秉烛，为驻好春过。""劝子"，当然是张惠言跟他的学生杨子掞说话的口吻了。"秉烛"，见于《古诗十九首》的"人生不满百，常怀千岁忧。昼短苦夜长，何不秉烛游"。《古诗十九首》的这一首诗也是说人生很短暂，却要承担那么多的忧愁，白天很短，夜晚很长，所以你不但白天不能够放过，还要掌握夜晚的光阴。"秉烛"当然有及时行乐的意思。可是"劝子且秉烛"难道仅仅是劝你秉烛行乐吗？秉烛当然可以行乐，可是秉烛还可以怎么样？这里边就有"微言"的作用了。杜甫有两句诗"检书烧烛短，看剑引杯长"（《夜宴左氏庄》），他说因为我在读书，我要检点我的书卷，所以我把这蜡烛已经烧过一大截了；有的时候我想到我的功业，看剑时我就高高地举起我的酒杯。所以，"秉烛"可以夜游，但"秉烛"也可以读书啊。那么张惠言在这里"劝子且秉烛"是为了什么？是"为驻好春过"。"驻"，是把马停下来。那么美好的春天曾经来到你的面前，你怎么把它放走了？当然春天留不住，它一天一天地终究会走的，可是当春天的脚步来到你面前的这一刻，你要是能够好好地掌握住它，就可以算是没把它白白地放走。欧阳修的词说，"直须看尽洛城花，始共东风容易别"——我要把洛阳城里的花都看遍了，才算没有白白地过这个春天。因为，春天来了，我掌握了它，我享受了它；春天走了，我无愧于春天，我没有遗憾。"劝子且秉烛，为驻好春过"的这个"过"字押韵，读为平声。"过"，是从你的面前一闪就过去了，那么美好的春天就在你眼前一刹那之间，你怎样才能把那一刹那的时间好好地掌握住？另外，这个"劝子且秉烛"的口吻也回应了他的主题，因为他的主题是勉励他的学生学道的。

《水调歌头》之三

现在我们看第三首：

疏帘卷春晓，蝴蝶忽飞来。游丝飞絮无绪，乱点碧云钗。肠断江南春思，黏著天涯残梦，剩有首重回。银蒜且深押，疏影任俳徊。　　罗帷卷，明月入，似人开。一尊属月起舞，流影入谁怀。迎得一钩月到，送得三更月去，莺燕不相猜。但莫凭阑久，重露湿苍苔。

张惠言的"微言"真是妙，这首词又是另一番境界了。这种种春天境界所象喻的，又都是我们种种的人生境界，是学道之人的人生境界。我刚才念过一段张惠言《词选》的序言，他说词要"兴于微言，以相感动"，要"以道贤人君子幽约怨悱不能自言之情"。而他的这五首《水调歌头》正是如此，他能够把人生的修养和儒家抽象的义理用这么美妙的"微言"传述出来，这真是非常难得、非常杰出的。

"疏帘卷春晓，蝴蝶忽飞来"，写得真是生动，真是美丽！窗前的帘子卷起来了，它是在什么时候卷起来的？是在春天破晓的晨光下卷起来的。当你把你的帘子卷起的时候，看到窗外的一片春色还不说，正好还有一只蝴蝶飞到你的眼前来。在你的人生中有过这样美好的春天吗？有过这样美好的生命的遇合吗？

那伴随蝴蝶飞来的是什么？他说是"游丝飞絮无绪，乱点碧云钗"。春天了，空中有很多的柳絮和游丝，这游丝据说是春天昆虫的一种分泌物，这个我们不去研究。古人写春天的景色，常常写到柳絮和游丝，像李商隐的《燕台诗》就曾说"絮乱丝烦天亦迷"。"无绪"，就是不知不觉之间。这些游丝飞絮它们没有用心，没有用意，就飞到了哪里？它们就"乱点碧云钗"。你可以想象有一个女子，头上插着翠玉发钗，那游丝和飞絮就黏附在玉钗的上面。"点"，是点缀。韦庄有一首小词说是"柳毵斜裛间花钿"（《浣溪沙》），他说柳絮在空中飘动，就落在了女子头上的花钿中间。韦庄还写过一首词说"春日游，杏花吹满头"，一个女子去游春，那春天盛开的美艳杏花，就吹到了你的头上。不管是杏花吹到你的头上还是春天的游丝飞絮点在你的玉钗上，那都是一种撩动，是撩动起人的春心哪！而且那游丝飞絮你还不是只看到它飞，是它已经飞到你的头上，落在你的钗间了。你难道不会因此而春心缭乱吗？

于是他就写"肠断江南春思"，江南的春思又怎么让你肠断呢？这就要联想到刚才我提到过的李商隐的两句诗"飒飒东风细雨来，芙蓉塘外有轻雷"了。春天来了，东风和轻雷把万物都惊醒了，把你隐藏在心底的那一份感情也惊醒了，那是你的一份春心的萌动，是一种对爱情的向往。所以李商隐那首诗接下来说,"金蟾啮锁烧香入,玉虎牵丝汲井回。贾氏窥帘韩掾少,宓妃留枕魏王才",贾氏窥帘是因为她看到韩寿的青年英俊和美貌,所以发生了爱情;宓妃留下一个枕头送给魏王曹植,那是因为她倾慕曹植的才华——当然这只是传说中的故事,说的也是爱情。是春天的到来把你的感情唤醒了,才引起你去追求爱情。可是李商隐最后说,你追求爱情的结果是什么,是"春心莫共花争发,一寸相思一寸灰",这也就是张惠言说的"肠断江南春思"了。所谓"日出江花红胜火,春来江水绿如蓝"(白居易《望江南》),江南春色是温柔美丽而且多情的,你有了一种对春天追求的愿望,当然是好的,可是你追求的结果呢?是"肠断江南春思,黏著天涯残梦,剩有首重回"。你的追求落空了,你的春情像梦一样过去了,它所残存的就只有留在天边将要消失的往事和前尘,所剩下的就只有你回忆之中的往日了。

所以,你何必再想春天呢?春天对你没有好处,它只是使你的心绪缭乱,而你的追求却都落空了。因此他说,我现在觉悟了,不再向外追求了,我是"银蒜且深押,疏影任徘徊"。"银蒜",是用银子做的一个形状像蒜的东西,有一定的重量,把它压在帘子上,帘子就不会被风吹起来。他说,我遇到了春天,我看到了蝴蝶的飞来，游丝飞絮点在了我的玉钗之上，我有过江南的春思，可是我最后得到的，只有失望与回忆。所以他说，我现在不要春天了，我用银蒜把我的帘子压住，不让游丝飞絮进来了。你不是说外面有万紫千红的花吗？我现在是"疏影任徘徊"，任凭你万花弄影在外面徘徊，我放下帘子，再也不让你进来。

人生，是有这种时候的。人们常常对青春对享乐有一种盲目的追求，而这追求又常常会得到一个落空的、被伤害的下场。你只有经历过了这样一个阶段，在回首往事的时候你才会明白：如果你只有对外的追求，如果你失去你自己，那么你纵然得到了某种欢乐那也是短暂的。所以现在就觉悟了，不再向外追求，任凭那蝴蝶在外飞舞，花影在外徘徊。所以你看张惠言的这些转折：他刚才说"疏帘卷春晓"，把帘子卷起来了；现在他"银蒜且深押"，把帘子又放下了；而接下来，"罗帷卷，明月入，似人开"，他又把帘子卷起来了。这真是很曲折很微妙的一种感情的意境。

第一次卷帘子，看到的是蝴蝶，是游丝飞絮，所以惹起他的江南春思；那么现在他又一次卷起了帘子，迎接到的却是另外的一种人生境界。现在放进来的是什么？"罗帷卷，明月入，似人开"，不再是那万紫千红，不再是那游丝飞絮，而是天上的一轮皎洁的明月。

苏东坡在《六月二十日夜渡海》这首诗中说,"参横斗转欲三更,苦雨终风也解晴。云散月明谁点缀,天容海色本澄清"。"参横斗转",就是天上星星流动的样子。天上星星的方位都转变了,已经是深夜的三更天了,暴雨狂风终于都过去了,雨住了,风停了,云彩散开了,月亮出来了。那大自然中的明月需要什么人的点缀吗?需要什么人的夸奖吗?它不需要,因为它本身就是光明磊落和澄澈净洁的。所以,"罗帷卷,明月入,似人开"是你自己敞开了你的心,迎进来了天上的明月。刚才第一次卷起疏帘所得到的那番景象是属于外在的,外在的繁华对你的诱惑和冲击会使你迷失。现在则不同了,是你自己心里边有一轮明月升起来了,这是一种新的境界。

"一尊属月起舞,流影入谁怀",这个"属"不念 shǔ,念 zhǔ,在这里的意思是拿着酒杯敬给天上的明月,李太白不是说"花间一壶酒,独酌无相亲。举杯邀明月,对影成三人"吗?接下来他还说,"我歌月徘徊,我舞影凌乱。醒时同交欢,醉后各分散"。那什么叫作"流影"呢?张惠言他虽然讲的是关于学道,但写得真是美妙多情!这里用了李商隐《燕台诗》里的一句"桂宫流影光难取"。月亮里不是有桂花吗,所以是"桂宫",也就是指月亮。月亮的光影是你掌握不住的，所以说"难取"。李商隐还说过，"嫦娥应悔偷灵药，碧海青天夜夜心"。嫦娥偷了灵药就成了神仙，但她在太空之中没有任何一个伴侣，只有下面的"碧海"与上面的"青天"。难道嫦娥她不想有一个伴侣吗？难道月亮在空中孤独地飘泊了这么久，都不愿意投在一个人的怀抱之中吗？那现在张惠言就说，我要敬明月一杯酒，然后我就对月起舞。我要问月亮：如果你要投入，投入到什么人的怀抱里？冯延巳《抛球乐》说"款举金觥劝，谁是当筵最有情"——我款款地举起金杯要敬一杯酒，但是在座诸人谁值得我把这杯酒敬给他呢？而明月，她会投入到谁的怀抱里？如果你没有像明月一样的"天容海色本澄清"的一颗心，月亮会投进你的怀抱吗？所以，这真的是人生的另外一番境界了。它不再是那种缭乱的春情，而是一种光明的、任真的、"天容海色本澄清"的觉悟了。

"迎得一钩月到，送得三更月去，莺燕不相猜"，如果你在人生中达到了这样一个境界；如果你果然看到了"天容海色本澄清"的明月，而且明月也果然流影到你的怀中；如果你跟明月有了"迎得一钩月到，送得三更月去"的这样一番交往，那就是李太白所说的"永结无情游，相期邈云汉"了。李白说，我所结交的和我所期待的，是那云汉之间的明月，我和它结成了永远的朋友。那么，当你有了这样的一个朋友，有了这样的一番境界，则世界上那一切的得失、一切的利害、一切的荣辱、一切的计较，还算得了什么呢？你还会和莺燕去竞逐繁华吗？所以现在你是"莺燕不相猜"，那些莺莺燕燕的事情就都与你不相干了。你看，这是多么美妙的一种境界！

可是他把话又说回来了，说是"但莫凭阑久，重露湿苍苔"。能够达到刚才所说的那样一种境界，并不是一件容易的事情。你看那很多人，有悲观的，有自杀的，什么原因呢？无外乎这个人不欣赏我，那个人不任用我，都是失落。失落之后怎么样？失落之后就是凭阑，"凭阑"都是有所期待的。你靠在栏杆上向外望，那是一种向外的追求。所以《古诗十九首》说，"青青河畔草，郁郁园中柳。盈盈楼上女，皎皎当窗牖。娥娥红粉妆，纤纤出素手"。诗中那个女子就是向外追求的，你看她的行为，都是在炫耀在显露，在等着大家去欣赏。可是《古诗十九首》里还有一首说是"西北有高楼，上与浮云齐。交疏结绮窗，阿阁三重阶。上有弦歌声，音响一何悲"。诗中这个女子始终没有出现，她并不等待大家欣赏，因为她的价值并不建立在别人的欣赏上。一个人生命的价值和意义表现在什么地方？在你穿的衣服上吗？在你戴的耳环项链上吗？在你开的车子上吗？在你住的房子上吗？为什么有的人有了车子有了房子，什么都有了还要自杀呢？所以说，一个人真正的价值在你自己而不在别人。当你有了"迎得一钩月到，送得三更月去，莺燕不相猜"的境界的时候，你就不会老是倚在栏杆上等待和盼望着别人。等待别人是一种外在的追求，如果你"凭阑久"就怎么样？你就会"重露湿苍苔"。"重露湿苍苔"是什么意思？这里边隐含了一个《诗经》中的典故。《诗经·召南》里边有一首诗叫《行露》："厌浥行露，岂不夙夜，畏行多露。"说一个女子不愿意夜晚出去幽会，她说：我怕露水把我的衣服打湿了。露水把衣服打湿了，代表的是一种外在的沾染和污秽。另外孔子也说过："人不知而不愠，不亦君子乎？"(《论语·学而》)"愠"，是生气不高兴，因为你觉得人家都不理解你，都不认识你的价值。孔子还说过："不患人之不己知，患不知人也。"(《论语·学而》)很多人尤其是年轻人，都想很快地打出个"知名度"来。可是你所追求的那都是外表，你对你自己有一个真正的反省吗？你不能老是向外界去炫耀，你不要老是向外面去追寻，如果你老是那样做，总有一天外界的露水就会把你给打湿了、沾污了。所以是"但莫凭阑久，重露湿苍苔"。

《水调歌头》之四

下面我们看第四首：

> 今日非昨日，明日复何如。竭来真悔何事，不读十年书。为问东风吹老，几度枫江兰径，千里转平芜。寂寞斜阳外，渺渺正愁予。　　千古意，君知否，只斯须。名山料理身后，也算古人愚。一夜庭前绿遍，三月雨中红透，天地入吾庐。容易众芳歇，莫听子规呼。

"今日非昨日，明日复何如"是叹光阴之流逝。光阴似箭，日月如梭，李太白说"长绳难系日，自古共悲辛"（《拟古》），李义山说"从来系日乏长绳，水逝云回恨不胜"（《谒山》），他们都埋怨从来就没有一根绳子能够把太阳系住，而时间像流水一样东去后就不再西流。那真是"自是人生长恨水长东"啊！前边说了那么多人生的持守，可是人生所必须面对的一个最大的问题是什么？是年命的无常！不管你怎么样，就算你学道有成，有了儒家的修养和品德，那又怎么样呢？年命之短暂无常，是每个人都改变不了的。所以他说："竭来真悔何事，不读十年书。"既然人生一切向外的追求都是落空的，所有的身外之事都是不能常保的，那么你真正应该后悔的是什么呢？是"不读十年书"，也就是你有没有完成你自己。儒家讲究"进德修业"，那也是讲你自己要不断地进步来完成你自己。"为问东风吹老，几度枫江兰径，千里转平芜"，光阴流逝得迅速，东风把万物吹生了，然后又吹零落了，当东风吹走春天的时候，你放眼望去，那千里之遥都是一片平芜。"枫江兰径"，出于《楚辞·招魂》，说是"皋兰被径兮，斯路渐"，又说"湛湛江水兮，上有枫。目极千里兮，伤春心"。春天的时候草木繁荣了，道路上生长的都是皋兰香草，深湛的江水边长满了枫树，而你所期待的你所远望的都没有来。接下来他说，"寂寞斜阳外，渺渺正愁予"，这里又用了《楚辞·九歌·湘夫人》的"帝子降兮北渚，目眇眇兮愁予"及"登白薠兮骋望，与佳期兮夕张"。《九歌》都是祭神的歌，是那些巫神之间的交往，湘夫人是湘水上的神仙，她将要从北岸的水边降落下来。"渺渺"，有一种极目远望而不可得见的感觉："斜阳外"，则由"佳期夕张"而来。所期待的人本应在日夕时到来，但却极目远望而不可得见，所以是"寂寞斜阳外，渺渺正愁予"。

　　人生是如此之短促，在"寂寞斜阳"的时候你在等待一个人，也就是说，在年命将要消失的时候你有一个期待和盼望。你盼望的是什么？你期待的是什么？他说："千古意，君知否？只斯须。"人生一世不过百年，而百年光阴斯须之间就过去了。"名山料理身后，也算古人愚"。古人要追求不朽，所谓"太上有立德，其次有立功，其次有立言"（《左传·襄公二十四年》）。但是杜甫《梦李白》的两句诗说得好，"千秋万岁名，寂寞身后事"，你就是不朽，留下万世的声名，可是你自己也早就化成灰土了。所以，儒家的修养还不是只教你赢得千年万世的声名，儒家的修养就在当前，就在眼下，是"一夜庭前绿遍，三月雨中红透，天地入吾庐"。这就是孔子为什么说"朝闻道，夕死可矣"的原因了。《庄子》里面有一个寓言说，"列子御风而行，泠然善也"，列子可以驾着风在天上飞行，这么缥缈，这么悠游，当然很好啊。可是庄子说，虽然如此，但是他"犹有所待者也"。因为你要等待风，风来了你才能飞，风要是不来，你还飞不飞呢？所以什么是"德"？韩愈的《原道》说，"足乎己无待于外之谓德"。是你自己内心要有，而不是依赖那些外在的东西。西方有一位人本主义哲学家叫马斯洛，他用过一个词语 Self-actualization，也就是"自我的实现"。他说人生有种种的需求，比如生存的需求、安全的需求、归属的需求、尊重的需求，可是人的最高层次的需求是自我实现的需求。当你有了Self-actualization——自我实现的时候，其他那些需求就变得不重要了。为什么陶渊明宁肯去躬耕也不去做官？因为他是"饥冻虽切，违己交病"（陶渊明《归去来兮辞序》），他自己有他自己内心的一份安然的持守，因此对生活上的一些事情并不在乎。所以，只有你达到"足乎己无待于外"这种境界的时候，你才知道你所追求过的某些东西并不是最重要的。这是学道有得的一种境界，张惠言的好处就是把它写在小词里面了，是"一夜庭前绿遍，三月雨中红透，天地入吾庐"。如果有一天你真的找到这个境界了，那么一夜之间，不用外边的春天，你的院子里面自然就生机洋溢，自然就长满了美丽的花草，整个的天地就都来到你的院子里面了。所以，中国古人说，"为天地立心"（张载《张子全书·近思录拾遗》），说"万物皆备于我"（《孟子·尽心》），说"与天地以合其德"（《周易·乾·文言》），说"天行健，君子以自强不息"（《周易·乾·象辞》），那都是见道之言。而张惠言说的却是"一夜庭前绿遍，三月雨中红透，天地入吾庐"，他完全是用美感的直观把自我提升到与天地合德的意境，这是很难得的。

"容易众芳歇，莫听子规呼"，说你应该好好地保持和爱护你心中的这一片春天。因为不但外面的一切繁华很快就会消失，就是你内心的春天如果你不好好地保持也很快就会消失。不要等到哪天子规叫了，春天也就走了。"子规"是杜鹃鸟，也就是屈原《离骚》中"恐鹈鴂之先鸣兮，使夫百草为之不芳"的那个"鹈鴂"。

《水调歌头》之五

你一定要好好地保持你内心这一片美好的春天，可是怎么样得到这"一夜庭前绿遍，三月雨中红透，天地入吾庐"的春天呢？张惠言的最后一首中有一个答复：

> 长镵白木柄，劚破一庭寒。三枝两枝生绿，位置小窗前。要使花颜四面，和著草心千朵，向我十分妍。何必兰与菊，生意总欣然。　晓来风，夜来雨，晚来烟。是他酿就春色，又断送流年。便欲诛茅江上，只恐空林衰草，憔悴不堪怜。歌罢且更酌，与子绕花间。

缪钺先生写过一篇《宋词与理学家》，说在宋代理学家中，作诗出色的尚有其人，作词出色的几乎没有。事实正是如此，而且自有小词以来，从五代的温、韦，到两宋这些大家，又有谁能够把义理写出这么美妙的小词来？所以清代词学家谭献说张惠言的这五首《水调歌头》是"胸襟学问，酝酿喷薄而出。赋手文心，开倚声家未有之境"。"倚声家"就是词人，他说从来都没有词人能够把儒家的胸襟学问和道德修养写成这么美丽的小词！

这第五首是一个结尾，讨论的是你怎么样得到你内心的春天。他说："长镵白木柄，劚破一庭寒。"这里用了杜甫的诗，杜甫当年从秦州到同谷，在寒冷的冬天度过了一段饥寒交迫的日子，写过《乾元中寓居同谷县作歌七首》，其中第一首歌的开头就是"长镵长镵白木柄，我生托子以为命"。当年杜甫带着他的全家来到同谷县，没有房子住，住在一个山洞里；没有东西吃，他就拿一把长镵到雪地里去挖寻那些草根之类的植物充饥。"长镵"，就是我们铲东西的铲子，他这把铲子有一个白木的木柄。——现在我还要简单说一下古人怎样用典故。张惠言在他的这五首词里边就用过不少的典故，比如刚才我讲过《庄子》里那个"气吞云梦"的典故，在用这个典故的时候，词中的意思是跟这个典故有关的。在《庄子》里边，这个典故的本意是说人的胸襟之大，大到可以把八九个楚国的云梦湖吞入胸中，都不觉得喉咙有一点不舒服。那么张惠言的"招手海边鸥鸟，看我胸中云梦，蒂芥近如何"用的就是庄子这个典故的原意。这是一种用典。可是现在这个"长镵白木柄"出于杜甫的诗"长镵长镵白木柄"，张惠言用的基本上就是杜诗的原句。这个只是"用句"，还不能算是"用典"。用句可以和原来那个典故的意思毫不相干，用典时你的作品的内容就要与那个典故有关系了。现在张惠言他只是要说：你内心春天的到来，那不是我平白可以给你的。你要自己努力去找出那个春天，不能够等待别人白白送你一个春天。那么，你怎样找到你的春天？他用了一个比喻，说你要用一把"长镵白木柄"的铲子，来"劚破一庭寒"。"劚"是挖掘，你的整个院子都是寒冷荒凉的，要想让你本来荒寒的院子里开出美丽的花朵，就要靠你自己努力劳动来把那一庭的寒冷"劚破"，才能种下美丽的种子。但是他为什么用杜甫的这句"长镵白木柄"呢？这跟杜甫当年在穷山荒谷的艰苦生活并无关系。你要知道，如果你说我拿着铲子挖地，这个用到诗词里面，就显得生硬、不雅。所以古人写诗词讲究"无一字无来历"，这是为了要让熟悉传统文化的读者比较容易接受。当你要找一个非常朴素的字眼来写铲子的时候，在中国古代诗词里面谁写的铲子最朴素？是杜甫啊！所以这"长镵白木柄"，就"劚破一庭寒"，你就用这把长镵自己动手在你的院子里播种你的春天了。

果然，你种的植物长起来了："三枝两枝生绿，位置小窗前。"你把你自己种出来的小花小草珍重爱惜地放在一个盆子里，摆在你自己的窗前。"生绿"这两个字写得真美，充满了活力。虽然只有三枝两枝，但是它是活泼的、新鲜的、有生命的，是你自己种出来的。你把它摆在哪里？"位置"，是要给它选择一个好地方，于是我就把它摆在了我每天抬眼就可以看见的小窗前了。"要使花颜四面，和著草心千朵，向我十分妍"，说得真好。杜甫也曾写过种花："种竹交加翠，栽桃烂漫红。"我要种竹子，就要种出一片最茂盛的竹子，要让它"交加翠"；我要栽桃，就要使桃树开出最美的花朵，要让它"烂漫红"。多么饱满！多么有力量！"要使花颜四面，和著草心千朵，向我十分妍"也是如此，你看他用了两个偶句一个单句，"花颜"与"草心"相对，"四面"与"千朵"相对，"颜"与"心"都是拟人的，那芳颜无处不在，那芳心蕴涵无穷。"向我"，写得多么亲密，是我自己种出来的春天，还有什么比这更快乐的呢？"何必兰与菊，生意总欣然"，你不用说那些名贵的花草，那是人家种的不属于我，而这"三枝两枝"虽然并不名贵，但那是我自己亲手种的，是我用我的长镵砍破了一庭荒寒而种出来的如此鲜活的草木，所以是"生意总欣然"。

但你只是种出来还不行，你还要维护它啊。花草和植物既然生出来了，它就必须要学会忍耐和承受世间的风雨，哪里有花草不经过风雨的？李后主不是说"无奈朝来寒雨晚来风"吗？从早到晚，有多少风雨的损伤，有多少烟雾的迷茫？同样，在你的人生经历之中，你承受过多少痛苦，经历过多少考验，遭受过多少磨炼？你要都经受过了，要在那风雨烟霭之中度过来了，你才可以成熟。所以你不要埋怨也不要害怕，孟子说过的："天将降大任于是人也，必先苦其心志，劳其筋骨，饿其体肤，空乏其身，行拂乱其所为，所以动心忍性，曾益其所不能。"（《孟子·告子》）有生命，就要经受这些苦难的。我对于那些大学的学生和老师自杀的事件觉得非常可惜，你上了大学所学何事？难道连这一点风雨都不能经受？所以"晓来风，夜来雨，晚来烟。是他酿就春色，又断送流年"，张惠言写出了我们人生的各种经历与体验。人生就是在苦难之中成长起来的，是苦难使你成长的。我以前曾读过一本法朗士的小说叫作《红百合》，这位作者可能比较看不起我们妇女，他说如果一个女性一生连一场大病都没得过，那她一定是最浅薄的人。他的意思其实是说：是苦难才使人成熟和成长，如果你一辈子都没有过一次承受苦难的机会，那么你就难免浅薄了。"晓来风，夜来雨，晚来烟"，就是它们给了你生命，同时也是它们断送了你的流年。你的人生是这样完成的，但你的人生也是这样消逝的。

那么我们能不能逃避呢？"便欲诛茅江上，只恐空林衰草，憔悴不堪怜"。"诛茅"，出于屈原《卜居》的"宁诛锄草茅以力耕"，意思是把荒草砍掉来种田，也就是说他要隐居了。后来庾信的《哀江南赋》说"诛茅宋玉之宅"，那是叙述他的祖先如何在江南卜居。那么，"诛茅江上"就是说，我不能承受这些世间的打击了，人世间都是苦难的、污秽的，人世间有这么多诡诈和欺骗，我不在世间居住了，我现在要隐居了。可是孔子也说过："鸟兽不可与同群，吾非斯人之徒与而谁与？"（《论语·微子》）逃避，那不是面对人生的办法，你逃避了人生，逃避了生活，你的生命就枯干了。所以是"便欲诛茅江上，只恐空林衰草，憔悴不堪怜"。放弃入世的理想，孤独地离群索居，那绝不是儒家对待人生的办法。你应该勇敢地面对一切，承受"晓来风，夜来雨，晚来烟"，成就你自己，找到你自己的春天。因此,张惠言给学生写了这五首词。"歌罢且更酌,与子绕花间",他说我现在作了五首词,我和你歌唱了这五首词,歌罢之后我们相对再喝一杯酒,让我们好好地享受这个春天吧。这也就是他的第二首《水调歌头》结尾所说的"劝子且秉烛,为驻好春过"的意思。

我们今天有这么好的讲堂,有这么好的灯光,我面对这么多爱好诗词的朋友和同学,让我们也一起把这美好的一刻掌握住,不要让它白白地过去。

　　　　　　　本文据2006年中国人民大学国学院演讲整理而成
　　　　　　　胡静　整理

四

陈曾寿：《八声甘州》与《浣溪沙》中雷峰塔的故事

很多朋友不大熟悉陈曾寿这一位词人，因为他所生的时代是晚清的末年。他到清朝亡国以后，四十岁上下才开始写词，所以那些搜集旧日清代词人作品的人没有收集他；而民国的人，当然是更不会注意到他。多数人对陈曾寿在词中的成就都不十分熟悉。

我今天是要讲陈曾寿词中雷峰塔的故事。他在西湖住了很久，写了很多首关于雷峰塔的诗词，都写得很好。现在，我们先把陈曾寿这个词人简单地介绍一下。其实我不能够只说他是词人，因为陈曾寿写诗在前，他的诗也写得非常好，跟清代的陈三立等几位有名的诗人是并称的。他实在最早是以诗出名的，中年才写词。

一般说起来，我们古代的作家常常是诗写得好的人词不一定好，词写得好的人诗也不一定写得好。当然有人可以兼长并美，像苏东坡诗也写得好，词也写得好。稼轩词写得很好，他的诗就写得不太好。杜甫的诗写得很好，那个时候还没有词，但是他的文就不是很好。陈曾寿最早是以诗出名的，有五本《苍虬阁诗集》，是他去世以后他的朋友替他整理出版的。为什么叫"苍虬阁"？因为他家里藏了一幅很有名的画，是元代画家吴镇画的苍虬，叫作《苍虬图》，所以他称自己的书室为苍虬阁。

前些年大陆和台湾有一大盛事，就是元代黄公望所作的《富春山居图》合展。《富春山居图》曾经经过火烧，火烧以后图卷断裂成了两半，中国大陆的浙江博物馆保存了一半，台湾的台北故宫博物院保存了另一半，大家要把这两段断截了数百年之久的图卷合起来在台北展出，这真是一件盛事。古人这些名贵的图画，它们的遭际，它们的流传都有很多故事可谈的。我也写过一篇文章，讲到《富春山居图》的断裂跟现在合展的故事，这引起我的一些感发。

诗词比兴之托意

记得我上大学的时候，我的老师就叫我们去找一本书，就是陈曾寿的曾祖父陈沆所写的《诗比兴笺》。诗都是有比兴的，这是我们中国诗歌的一个特色。

南开大学曾邀我做过一次讲演，我讲的主题是中国诗歌的特质，中国诗歌的特质与西方的特质主要有什么不同，我们的诗歌所以形成我们现在的特质，我觉得基本的原因在于我们语言文字的特质。

我们的语言文字跟西方的语言文字有一个最大的区别，就是我们是单音独体。我们说花，一个字，说草，一个字，说山，一个字，都是单字，而且每个字占相等的方块空间，是单音独体的文字。可是西方不是的，西方说花，说 flowers，它是很长的音节，日本说はな，也不是一个音节。不管是西方的欧美，还是东方的日本，他们的语言都不能够像我们中国这么整齐地排列起来，因此我们很注重平仄和对偶。字的读音要相反，平声与仄声相对，词的性质要相同，名词或动词保持一致。所以说天对地，雨对风，大陆对长空，形容词对形容词，名词对名词，动词对动词。这是我们跟其他国族的一个最基本的不同之处。

再有一个基本的不同之处，就是关于诗歌的起源。西方最早的诗歌是希腊的诗歌，希腊最原始的诗歌的源头是史诗（epics）跟戏剧（drama），史诗跟戏剧都是外在的，是作者写古代英雄动人的故事。可是我们中国不是，我们中国从《尚书·尧典》就说"诗言志"，《诗经》上，《毛诗》大序开头说"情动于中而形于言"。史诗跟戏剧都是外在的东西，他们所注重的是写作的技巧，怎么样观察，怎么样描述，怎么样叙写，他们注意的是这一方面。当然西方也有灵感之说，他们的灵感在史诗里边。他们会说我要向缪斯女神呼求，让她降给我灵感。我们中国人不是向外呼求，我们是向内追寻，是"情动于中而形于言"，诗是言志的，是我们自己内心情志的感动,然后再把它表现出来。

这是我们所说的基本的不同:一个是我们语言文字的不同,我们的语言文字是独体单音;另一个是我们的起源不同,他们是史诗跟戏剧,我们是抒情的诗歌。他们注重向外的观察跟叙写,我们注重向内的推寻,向自己的内心推寻。我们中国诗的特质,在于注重一种内心感发的作用。

我们都知道《诗经》有"四始""六艺",这里来不及细讲。所谓六艺,就是风、雅、颂、赋、比、兴(xīng)。风、雅、颂是诗的不同的体式和内容,而赋、比、兴就是三种写作诗歌的表述方式。为什么陈沆讲诗的这本书叫《诗比兴笺》?笺的意思是注解,他在这本书中把古代的名诗佳作都用比兴的方法加以笺注。

情动于中,就形于言了,情动是要表现出来的。西方讲 simile(明喻)、metaphor(暗喻)、personification(拟人),甚至于 T.S. 艾略特说的 objective correlative(客观对应物),说得很复杂,分析得非常细密。我们中国不是,我们中国只说诗是有赋比兴。还有大家说这个到底念 xīng,还是念 xìng 呢?我说兴(xīng)发感动,动词念 xīng;当它作为一个名词,作为表述方式的时候,念 xìng。你的感动是兴(xīng)起,是兴发的感动,你表述的这种方式,这就是兴(xìng),就变成名词了。在西方,比如我们说 intertext,text 是文本,文本与文本之间 intertext,文本之间的形容词是 intertextual,变成名词是 intertextuality,它就加上一个 ty,所以他们要变成名词,和动词、形容词不同的时候是在拼写上做改变,learn-learner-learning-learned,是在拼写上改变。而中国不是,中国是在读音上改变,动词就念 xīng,第一声,名词就念 xìng,第四声,所以是比兴(xìng)。

赋是直言其事,就是你直接把你要说的话说出来就好了。我常常举一个《诗经》上的例证:

郑风·将仲子

将仲子兮,无逾我里,无折我树杞。
岂敢爱之?畏我父母。
仲可怀也,父母之言亦可畏也。
……

仲子是一个人,这是用一个少女的口吻呼唤她所爱的一个青年——仲子。仲子是老二,将(qiāng)是一个发声词,兮也是一个发声词,如果没有"将"跟"兮"的发声词,你只说仲子,这像他爸爸在喊他"老二"。可是呢,这是他的女朋友,说"将仲子兮",语气就如此之柔和婉转,就很动人了。

比兴是一定要有一个外物的形象,跟你的内心发生关系。"关关雎鸠,在河之洲。窈窕淑女,君子好逑",你先听到外面的关关雎鸠的叫声,触动了你的联想的感情。"关关雎鸠,在河之洲",由物及心,由外物引起你的感发,引起来你作诗的内心的兴发感动,这个就是兴。"硕鼠硕鼠,无食我黍",不是真的有一个大老鼠,而是这个人被剥削,剥削者就跟老鼠一样整天吃他的粮食。我已经养活你三年了,你还不停地吃我的粮食。这是先有了内心的感动,然后找一个老鼠做比喻,是由心及物,这个就是比,是先用一个外界的形象做比喻。

诗如果是赋,像"将仲子兮",都说出来了,你不用解释,它直接就说出来了;可是如果它没有直说,用了一些外物的形象,那么你就要想表面上说的是这个物,可是他内心是什么。中国诗歌注重从外在的形象到诗人的内在的、内心的一种作用和感动,而这种比兴就非常的微妙。"关关雎鸠,在河之洲"比直接写"一个美女是君子好逑","硕鼠硕鼠,无食我黍"比直接写"大老鼠吃我的粮食其实就是剥削者的剥削"要复杂得多。

前面讲的是诗,而我的重点是要讲陈曾寿的词。

词就是更微妙的一件事情。我们刚才说"诗言志",诗是言志的,诗是作者显意识地(consciously)活动,显意识的感情直接说出来了。杜甫的诗说"剑外忽传收蓟北,初闻涕泪满衣裳。却看妻子愁何在,漫卷诗书喜欲狂"。他说得很明白,你知道他要说些什么,不用比兴你就知道了。有的诗是需要用比兴的,像李商隐说"锦瑟无端五十弦,一弦一柱思华年。庄生晓梦迷蝴蝶,望帝春心托杜鹃"。他说些什么?没有直说,他是用了一些比兴。

如果是以词跟诗相比较的话,词就更注重比兴。关于词的比兴作用,清代常州派张惠言曾在《词选》的序言里说,"意内而言外谓之词","里巷男女哀乐"之词可以写出来"贤人君子幽约怨悱不能自言之情,低徊要眇以喻其致"。可见,这比兴之所以重要,在于你要找寻在那语言文字之内所隐藏的一份意思。诗所隐藏的意思还比较容易找出来,词所隐藏的意思就不容易找出来。

文人最早的词集是《花间集》(*Collection of Songs among the Flowers*)。《花间集》前面也有一篇序言,写序的是花间派的一个词人欧阳炯。他说这《花间集》都是在歌筵酒席之间,有美丽的歌女和舞女在唱歌、在跳舞,于是这些才人文士就拿出来那漂亮的五彩的花笺写出来美妙的歌词，交给那些女子去歌唱。这里边本来没有深意，本来只是艳歌，是香艳的歌词。可是你要知道，很微妙的事情发生了，就因为这个歌词产生的时代是晚唐五代。晚唐五代是中国战乱流离，一个非常动乱的时代，五代十国，多少的朝代，转眼兴起了，转眼就灭亡了。而这些词人，虽然他写的是歌妓酒女歌筵酒席的爱情歌词，但是这些词人是经过了动乱流离的，所以他 unconsciously（无意识地），subconsciously（潜意识地），就不知不觉地在他给美女写的那些歌词里面隐约地流露出他自身在战乱流离之间的一种哀感。所以我认为，词是我们中国所有的文学体式之中最微妙的、最难以解释的一种文学的体式。

如何判断艳歌好坏高下？如果说这个词人真是只写一首恋爱的歌曲，没有他自己内心丰富的人生体验和经历隐藏在其中，那么这个词果然就是一首浮艳的、爱情的歌曲。可是，词之地位所以被人看重，在历史上有这么高的地位，而且它可以跟诗歌辟径独行，在诗以外，别立一个山头。王国维说："词之为体，要眇宜修，能言诗之所不能言。"他说词这种文学体式是"要眇宜修"，诗里面不能说出来的，词里面说出来了。什么是诗里不能说出来，词里能说出来的？你想杜甫的诗，一千多首，几乎天下的喜怒哀乐，什么都可以说出来。为什么说词是能言诗之所不能言呢？这就是词最为微妙的地方。如果从源头的五代词说起来，那些作品都是作者未必有此意，也就是显意识上完全没有想到说要写什么；可是就是因为词人确实有这样的生活，确实有这样的经历，确实有这样的感受，而且是隐藏在内心最微妙的、不容易说出来的一种感受，词人居然就在无意之间给那些乐曲填歌词的时候，无心之中写出来了。我个人认为，中国的律诗也很奇妙，"平平仄仄平平仄，仄仄平平仄仄平"，跟五代的《花间集》的歌曲相似。它有一个调子，你顺着这个声音随便跑出来一些句子，就是声音带出来的，你自己都不知道，你就跟着那个声音写出一些东西来。词也是很妙，它是配合着乐曲的声音，声音带出来的一种感情，不像诗是显意识的活动。写诗的时候，你的显意识太明白了，你被你显意识约束住了，你的那些潜意识没有跑出来啊。那都是你理智分明地想出来的，那有时候并不见得是最好的。最好的诗是有一个声音，如果是词，是有一个乐曲，就跟着那个声音跑出来一些字句，你自己都说不清的，那个反而是你最内在的自己，最深微幽隐的自己。

　　陈曾寿以诗名，他的诗真是写得非常好，虽然他的词不是很有名，但是他的词也真是写得很好！词学大家彊村老人朱祖谋先生读了陈曾寿的词，说你的词常常是能写出来一些别人千思万想都说不出来的东西，而你是无意之中就说出来了。这就是陈曾寿的词。他真是能够写出一些最难以述说的感情和感觉。

我现在要带领大家看一首他的《浣溪沙》，写焚香的词。我们不要把这个"焚香"看作题目。你打开陈曾寿的集子，它就是一首《浣溪沙》，没有提到焚香，加了焚香就把它拘束住了，这又是词的一个微妙之处。诗，你一定要写一个题目，你的显意识写什么，是三就不是四，是五就不是六，词没有题目。

浣溪沙

微溶虚空是泪痕，聊凭香篆定心魂。重帏深下易黄昏。　　学道不成仍不悔，此心难冷更难温。一丝还袅博山云。

真是写得微妙！陈曾寿怎么写出来这样微妙的感情！"微溶虚空是泪痕"，第一句就很微妙了。什么叫"微溶虚空"？这"空"，一无所有的，空无一物，在空中有一点点的痕迹，"溶"，留下一点痕迹，在空中留下了一点的痕迹是什么。他说是眼泪的痕迹，这真是非常奇妙的想象。然后你才知道这"微溘虚空"是什么，那袅娜在空中的，在虚空之中有一点痕迹的是什么，是一缕香烟，就是一缕香的烟气。"聊凭香篆定心魂"，我的精神、我的魂魄没有一个寄托的所在，我就看到那个篆香在空中袅动的一丝痕迹，"微溘虚空"，我的心魂就系在它的上面了。那种虚空中的焚香的烟影就是我的泪痕，这真是写得妙！所以朱祖谋先生说别人非常用力都写不出来的，陈曾寿不经意间就写出来了，就这两句就很了不起。

"微溘虚空是泪痕，聊凭香篆定心魂"，这是在什么地方焚香？"重帏深下易黄昏"，我闭门不出，帏是帐幕，重帏，一层一层的帘幕都深深地低低地垂下来。垂了这么厚重的帘幕，所以我的房间很容易就黑暗了。我为什么有这样的心情？我为什么觉得我的魂魄无所依？为什么我要借着香篆安定我的心魂？那香烟在空中的缭绕都是我的泪点，为什么我的心魂到了这一地步呢？

"学道不成仍不悔"，人要是学道，学至高的道，就超乎喜怒哀乐得失以外了，就不应该有这种悲欢喜乐得失的种种感情。作者为什么有这种不能解脱的感情？是学道不成。我要真的学道，我就不会这样跳不出去了。我跳不出去，因为我学道不成。你学道不成你不后悔吗？他说我学道不成还终不悔啊，我甘愿为它付出，我学道不成，所以陷在这种悲哀痛苦之中不能跳出去，但是我甘愿陷在这种悲哀痛苦之中，学道不成，我终不悔。

"此心难冷更难温"，写得真是好！你如果是心断了，心断意决，你就没有悲哀，也没有思念了，但是我不能够冷，我不能忘记，过去那所有的情事我不能忘记，但是我所有的都已经失去了，我没有办法再温起来了，可我又不甘心冷却，所以"学道不成仍不悔，此心难冷更难温"。

我这种无所寄托的心魂，"一丝还袅博山云"，随着焚香的虚空之中袅动，博山是香炉，香炉里边生出来的香所凝结的飘荡的香烟像是一朵云，我的心魂就随着那一丝博山炉的香烟在空中袅动，而所有的烟痕，"微滓虚空是泪痕"。陈曾寿何以落到这样的下场？何以有如此悲哀的一种感情？现在我们就要回来看一看陈曾寿的生平。

陈曾寿其人

陈曾寿,字任先,生于光绪四年(1878),卒于民国三十八年(1949)。嘉庆二十四年己卯(1819),他的曾祖陈沆以廷试第一入翰林。我们中国古代的科举考试有乡试,有会试,有殿试,一层一层考上来,有解元、会元,最后是状元。陈沆是廷试,也就是殿试的第一名,学问非常好,进到翰林院,是清代的名诗人,他的诗集叫作《简学斋诗存》,还写有《诗比兴笺》。张惠言注重比兴,陈曾寿的曾祖陈沆也讲比兴。不管是诗也好,不管是词也好,你要把那些说不清道不明的、隐藏在语言文字之中的那一点点东西找到了,那才是最珍贵的。

陈曾寿的曾祖父就是诗人,他的父亲也是诗人,他们家是渊源家学。我现在还要说一点:背诵、幼年的背诵是非常重要的。你看很多有名的学者和诗人都是幼年的教育,尤其要成为一位很好的诗人,幼年不只要背诵,还要吟诵。要让古人的声吻如自我口出,常常吟诵的时候就觉得那诗就这么自然而然地出来了,你自己作诗也是相似的感觉。我小的时候家中长辈训练我作古文,学古文八大家,这一个月都要背韩退之的文章,当然你要背得很熟,大声朗诵,把语言腔调都学了，你再动笔写，就像韩退之了。下个月要学欧阳修，这一个月就老背欧阳修的文章，一定要背得很熟，要拿腔作调地背，动笔一写就像欧阳修了。所以你要想写得好，吟诵是非常重要的。

我常常举一个比喻，科学家说人的脑有左脑有右脑。左脑是理性的，右脑是感性的，你的思辨是左脑的，都是理性的；那右脑呢，绘画、音乐这种直觉的、感官的那是右脑的。如果你读诗、读词、读文章、做研究，用的都是左脑，都是理性的，你就是知道了平仄，也不会成为一个很好的诗人。所以我很少教人作诗，但是有的时候不得不教人作诗。我在台湾大学开课，课程就叫《诗选及习作》，一定要把格律教给同学，每个礼拜让他们有习作交上来，这当然也是一个很好的训练他们的办法。但是，好诗不是教出来的，好诗你要浸淫，浸就是沉在里面，泡在里面，浸淫在诗之中，而且你要每天吟诵，你要让古人的声气、口吻、心灵跟你合而为一，说古人的诗句如自我口出，那时候你出口就成章了。你要光知道平仄，死板地一个字一个字拼，还查了下字典，这是平还是仄啊，凑出来这首诗，就算你平仄都对了，也绝不是一首好诗。凡是这样凑出来的诗永远不是好诗。诗是它自己跑出来的，所以现在我其实很少作诗，年轻的时候，因为我在大学读书，老师也作诗、同学也作。现在我每天很忙，所以我说我的诗都是在梦中跑出来的时候，我才写下来；如果不是梦中跑出来，我也等它自己跑出来，我才写一首诗。

前两天我自己跑出来一首诗。前两天说这边天气还很冷，还下雪，朋友和我说你现在先不要回来了，过两天又说现在花快开了，问我要不要回来。我就自己跑出来了一首诗。我现在从来不正正经经地说我要作一首诗，通常是不一定我在做什么，也许开着车呢，忽然间跑出一句来，就是这样子。我的诗是这么说的：

敢问花期与雪期，衰年孤旅剩堪悲。
此身早是无家客，羞说行程归不归。

"敢问花期与雪期"，我怎么敢说温哥华是下雪了还是开花了，"衰年孤旅剩堪悲"，我这快九十岁的人，每次都是单身一个人从大洋此岸飞到彼岸，又从彼岸再飞回到此岸，所以敢问，敢问是岂敢问的意思，不敢问。"此身早是无家客"，我在家里是我一个人，我女儿远在渥太华，我先生已经不在了。"羞说行程归不归"，归是归家，我没有家啊，我常常说我在南开的住所，那当然不是我的家，我这里算是一个家，但是我家里是我一个人。这首诗是自己跑出来的，因为朋友跟我说，下雪了、开花了，你什么时候回来，我就跑出来这么一首诗。因为我有这样的生活，我跑出这样的诗来，这还是我的显意识，是我的现实的生活。

陈曾寿为什么会跑出"微滓虚空是泪痕""此心难冷更难温"这样的句子呢？我们还是把他的生平看下去。陈曾寿渊源家学，从小受到家庭耳濡目染的熏习，少有文名，光绪癸卯进士，历官刑部主事、学部郎中等职。当他考中了进士，已经是光绪后期了，所以虽然他做了几年清朝朝廷的官，接着就是辛亥革命，清朝就灭亡了。根据陈曾寿子侄辈的记叙，武昌革命的时候，陈曾寿在北京做官。他是湖北蕲水县人，他的家人本来在武汉，他的家人租了一个房子，这个房子在山上靠近城墙，然后贿赂守城的人，半夜里拿粗绳子，全家就垂绳从城里逃出来了，最早他们就逃到湖北蕲水老家乡下，叫作下巴河的地方。陈曾寿在北京，知道武昌起义了，就赶快从北京赶回来探望家人，他快要到家的时候听说他们家人已经到了乡下，他也就跑到这个乡下。跑到乡下又看到这乡下不是久居之地，所以他们就再逃，逃到上海去了。

武昌革命成功了就是民国，可是大家都知道民国初年的时候，军阀混战，到处这个派那个派的，我对军阀各派不大清楚，反正有很多派。你看总统三天换一个，五天换一个，你要查一查民国初年的历史，大总统换了好几个，所以当时的时局就非常不安定。在种种不安定之中，他们想这个乡下不能久留，又跑到上海去了。起初当然这革命是好的，可是革了命以后，就是军阀混战，而且趁着混战的时候很多土匪就兴起来了，所以老百姓觉得，说不定还是有个皇帝管着才好吧？很多人就退后，就更乱了，群龙无首，你也想做皇帝，他也想做总统，何况有一些故老遗民恋旧，所以就有了张勋的复辟。

当时陈曾寿在上海，上海的一批人，还有跟王国维交朋友的沈曾植，也是一个很有名的诗人、学者，他们很多人都是赞成复辟的，说还是有皇帝管着才好。可是张勋的复辟没有几天就失败了。失败了以后，陈曾寿就到西湖去了，他在西湖买了一块地，盖了几间房子。我听说现在如果到西湖去，还有一个地方叫陈庄，那就是当年陈曾寿他们家所住的地方。

两首关于雷峰塔的小词

诗歌要得山水之助,有好山好水,每天可以写出很美丽的诗,所以王维写《辋川杂诗》,都是美丽的山水,美丽的树木花草。秀丽江山都是助人的文兴与诗兴的。

陈曾寿在西湖写了很多首美丽的诗词。据说他住的这个地方(后称陈庄)风景非常好,南屏晚钟、雷峰夕照、花港观鱼等,可以看到很多西湖美丽的景色。他日日面对的就是雷峰夕照,雷峰塔。我们现在才回到主题,看他词中所写的雷峰塔的故事。

八声甘州

甲子八月二十七日,皇妃塔圮。据塔中所藏《陀罗尼宝箧印经》,造时为乙亥八月,正宋艺祖开宝八年,距今九百五十余年矣。千载神归,一条练去。末劫魔深,莫护金刚之杵;暂时眼对,如游乾闼之城。半湖秋水,空遗蜕之龙身;无际斜阳,杳残痕于鸦影。爰同愔仲同年共赋此阕,聊写愁哀云尔。

镇残山风雨耐千年,何心倦津梁。早霸图衰歇,龙沉凤杳,如此钱唐。一尔大千震动,弹指失金装。何限恒沙数,难抵悲凉。　慰我湖居望眼,尽朝朝暮暮,咫尺神光。忍残年心事,寂寞礼空王。漫等闲、擎天梦了,任长空、鸦阵占茫茫。从今后、凭谁管领,万古斜阳。

这一首很长,其中有些读音要特别注意。"乾闼之城"的"乾"字一定要念 gān,你不能够自作聪明说《易经》上有乾(qián)坤的卦就念它 qián。中国语言特色是单音独体,因为单音独体,所以我们的语言文字就有了一个特色,非常讲究的对偶,是"天对地,雨对风,大陆对长空",两两相对,只有中国的语言文字能够有这样整齐的对偶。不但诗歌的律诗要讲对偶,文章也有所谓骈文,骈就是两匹马并行,骈文就是文章上句下句都要两两相对。只有骈体文才要两两相对吗?其实不然,中国的骈对是从很早,有语言文字就开始了。那不是说我们有心,有一个概念,说我们要 paralled(对偶),没有这种概念,而是因为我们语言文字的特色,它天生来就容易形成对偶。像我们中国《易经》上说的"水流湿,火就燥。云从龙,风从虎",这就是对句,那时候也没有骈文之说。就是我们中国的语言,天生就容易形成有对偶的句子。不是说你要写骈文才要对偶,从骈文兴起以前,没有骈体文的时候,《易经》上就都对偶了。到了三国时代,曹丕给他朋友写信,《与吴质书》,就写得非常美,"昔伯牙绝弦于钟期,仲尼覆醴于子路,痛知音之难遇,伤门人之莫逮"。文章美在何处?他在《典论·论文》中说"盖文章经国之大业,不朽之盛事。年寿有时而尽,荣乐止乎其身,二者必至之常期,未若文章之无穷"。几个骈偶,一个散文的尾巴一摇曳,既整齐又有姿态,自然就美了。这是中国的文章,现在我的学生能写出很像样的论文,当然就很不错了。但是我说,你们这语言实在都太粗糙了,有的人想拽文,拽了文都不通,我说你要多读,多读古人的文言文,而且不要死板的用文言,要能够骈散结合得非常好,那当然就最好了,当然是希望他们如此。

我现在说的是陈曾寿,陈曾寿就是如此。前面是散文,"甲子八月二十七日,皇妃塔圮。据塔中所藏《陀罗尼宝箧印经》,造时为乙亥八月……"这都是散文。后边"千栽神归,一条练去"骈偶;"末劫魔深,莫护金刚之杵;暂时眼对,如游乾闼之城",对偶,两两相对;"半湖秋水,空遗蜕之龙身;无际斜阳,杳残痕于鸦影",对得非常工整,非常美妙。前面是散文,后面是骈文。

《八声甘州》是词牌的调子,本来可以没有题目,你就写皇妃塔圮。雷峰塔怎么叫皇妃塔呢？这个雷峰塔造的时候是宋艺祖开宝八年（975），是五代之末、北宋之初。据说五代十国的时候，南唐是一国，吴越是一国，占有现在差不多两浙的地方。吴越国王姓钱，始祖是钱镠，亡国的是钱俶。钱俶有一个妃子，据说姓黄，因为这个妃子生了个儿子，他们要庆贺，所以给她造了个塔，就叫皇妃塔。有人说妻子不见得姓黄，不过因为她是皇妃，就叫皇妃塔。这个皇妃塔盖在哪里呢？盖在雷峰，西湖附近这一片山就叫雷峰，所以后来就管它叫雷峰塔了，有人还叫它皇妃塔，总而言之，皇妃塔就是雷峰塔。

甲子（1924）八月二十七，我刚出生不久，我是甲子年出生的。那一年，皇妃塔就倒了，塔里面常常藏很多佛经。根据塔里面佛经的记载，说它是乙亥八月，宋艺祖的开宝八年所造，宋艺祖就是宋太祖赵匡胤，距离那时已经九百五十余年了。

写塔倒了本来就可以，为什么陈曾寿要这么仔细地记它哪一年造的？哪一年倒了呢？这里边就有一些盛衰兴亡的悲慨。甲子这一年八月二十七，是杭州城破、军阀打进来的一天。古代的杭州有多少兴亡变乱？现代的民国又有多少兴亡变乱？这是陈曾寿为什么详细记载年月的一个缘故。他说"千栽神归"，距今九百多年了,现在这个神物消失了,就好像化成一条匹练消失在空中了,像一个龙卷风都跑掉了。"末劫魔深",他说当末劫的时候,当世界真是要毁灭败亡的时候,那魔鬼都跑出来了,所以"末劫魔深"。"莫护金刚之杵",因为这个塔的形状像是庙里边四大金刚拿的杵,一边粗一边细,所以它算是金刚之杵,魔太深了,没有人保护这金刚之杵了。陈曾寿说他曾经在西湖这里住了很多年,每天都面对这个雷峰塔影,是"暂时眼对",它当时有,现在没有了,就如同是游在乾闼之城。乾闼是梵文的音译,乾闼之城意思是幻化之中的城市,转眼就消失了。我想就像我们所说的海市蜃楼,看上去好像一座城市,还人烟繁密,那是幻化,转眼就消失了,他用来说这些眼前的景象。我的书法家朋友谢琰先生写过一幅字,"无色不空",所有的色相都是空的,这是眼前这幻化的这些色相,有乾闼之城,转眼就消失。

"半湖秋水,空遗蜕之龙身",现在剩下半湖西湖的湖水,可是雷峰塔照在西湖之中的影子,本来像蛇蜕下皮来的这个影子,现在没有了,"空遗蜕之龙身"。现在没有塔,只剩下"无际斜阳,杳残痕于鸦影",只剩下无边的落日斜晖,原来是有个塔,斜晖是背景,因为塔没有了,只剩下无边无际的斜阳。斜晖上有什么?斜晖的背景之下有乌鸦飞过去了。我有一次跟Jenny(谢琰先生的夫人)在山上的一个餐厅吃饭,看到在暮色苍茫的、昏黄云霞的影中,一群鸟飞过去了。古人写诗词,之所以写得典雅、有味道,是无一字无来历,不一定是用典故,但是它有出处,就是这些语言都是有出处的。大家想作诗作得好,一定要多背书,你的诗才会显得典雅,才会深刻,才会有味道。我们中国讲典故、讲出处,典故就是西方说的allusion,这些语言文字有一个出处,就像刚才我所引的;西方还说intertext,就是互为文本,这个text跟那个text彼此之间有很多的关联。这些关联就引起你很多的想象,从这一句话,你可以想象到很多。"无际斜阳,杳残痕于鸦影",我自己可以想到两处古人的诗句。一个是比较早的唐朝的杜牧,有这么两句诗说"长空澹澹孤鸟没,万古销沉向此中"(《登乐游原》)。你看到长空之上一只鸟飞到天边了,人间的万古就如此地消失,万古销沉。除了想到唐朝杜牧之的诗,我还想到吴文英有一首词,他开头说"三千年事残鸦外,无言倦凭秋树"(《齐天乐》),所以就在这个长空的飞鸟消逝的宇宙尽头,万古都消失了,三千年事就在残鸦影外。陈曾寿说是"无际斜阳,杳残痕于鸦影",现在我所看到的只有无边的斜阳,没有雷峰塔了。而当他说"杳残痕于鸦影"的时候，因为这个 intertext，我们就可以联想到杜牧之的"万古销沉向此中"，可以联想到吴文英的"三千年事残鸦外"，这里面就有了很深的悲慨。从古代的兴亡到现在的兴亡，到现在雷峰塔倒的那一天是军阀带兵入城的一天。他这些悲慨都没有说出来，所以他说是"无际斜阳，杳残痕于鸦影"。

"爱同憕仲同年"，憕仲是他一个朋友，叫胡嗣瑗，他说憕仲是同年，同年是同一年考中进士的人，古人叫作同年，所以他就跟他的同年胡憕仲一同写了这首词，是"聊写愁哀云尔"，我就聊且用这一首词来书写我自己那种沉重的悲哀、慨叹。

好，我们现在正式看词了。

"镇残山风雨耐千年，何心倦津梁"，这是《八声甘州》这首词的一个特色，这个牌调的第一句是个长句，要有足够的笔力镇压住。前面写得这么有力量，这个塔就镇在雷峰的山上，忍受了千年的风雨，"何心"是为什么，你在这里已经镇了千年了，为什么今天就疲倦了？为什么今天就消失了？津梁，津是一个津渡的渡口，梁就是桥梁，好像是人跟天，我们今世跟古代，千年万古，这个塔立在那里是人间天上的沟通，是现在跟古代的沟通。因为雷峰塔是千年的古塔。可是现在为什么你就不做那个天地古今的津渡的桥梁了,你为什么倒了?

"早霸图衰歇,龙沉凤杳,如此钱唐",现在早已是霸图衰歇,五代的,不用说那个盖塔的吴越不在了,南宋的宋太祖也不在了。不用说那些皇帝不在了,皇妃也不在了。"霸图衰歇,龙沉凤杳",什么都消失了,就是如此的钱塘,经过这么多历史沧桑的一个钱塘,钱塘江西湖。

"一尔大千震动,弹指失金装",一尔,一瞬间就如此了,大千震动,大千世界宇宙都震动了。这么大的一个塔倒下来,那当然是大千震动,弹指之间,这个当年装饰得非常美丽的宝塔就消失了,"弹指失金装"。

"何限恒沙数,难抵悲凉",陈曾寿对于雷峰塔的崩倒消逝,感到如此的兴衰,万古的悲凉。我的悲凉有多深?无限恒沙数,就是恒河的沙数那么多都算不过来我现在的悲凉,那沙数是算不过来的,是无尽的悲凉,是难抵悲凉。这是说这个塔倒了,我在西湖边上住了有很多年了,"慰我湖居望眼,尽朝朝暮暮,咫尺神光",你给我很大的安慰,我在西湖居住,一眼望去就是雷峰塔的塔影,我尽情享受这种安慰。"朝朝暮暮",早晨看见这个塔,晚上看着它,咫尺这么近,就在我的窗外,这个塔带着如此的神光,"咫尺神光"。

"忍残年心事,寂寞礼空王",我现在只有忍耐,我已经是老年了,忍耐残年的心事。当然古代的读书人,每个人都抱着治国平天下的理想。可是陈曾寿不幸,考中进士的时候,已经是清朝灭亡的前夕了,所有治国平天下的理想都落空了,所以现在我只有回首来拜佛了。佛是空王,因为佛让人知道万法皆空,一切皆空,色即是空,所以我"忍残年心事,寂寞礼空王",你为什么对现在这些虚幻如此执着呢?"漫等闲、擎天梦了,任长空、鸦阵占茫茫",漫是随随便便,等闲,这么轻易地"擎天梦了",这一座宝塔像是一根柱子立在天地之间,是支撑天的一根柱子。古代读书人都想挽天下之狂流的,李商隐说"永忆江湖归白发,欲回天地入扁舟"(《安定城楼》),我要把天地都回转,把所有的战乱、那些不合理的、悲惨的苦难都挽回来,那个时候我就退身了。我要挽回天地,就在一个小船上消失了。像杜甫"致君尧舜上,再使风俗淳"(《奉赠韦左丞丈二十二韵》),每个读书人都是抱着这个梦,所以他说"擎天梦了"。陈曾寿当年考中进士的时候,也有一个修身治国平天下的理想,等闲之间,没想到这么容易就把他那种"致君尧舜上,再使风俗淳"的梦打破了,因为当他考中进士已经是晚清的末年了,他所经历的是清朝的败亡。

这首词里面没有写到他具体的遭遇，我们可以再多介绍一下背景。溥仪要结婚的时候，当年有两个太后，都要选一个跟自己亲近的儿媳妇。在中国古代，皇帝要选后选妃，凡是八旗做官做到某一个等级，有适合年龄的女子都要报上来，不报上来是不成的。我小时候我们家里说姑娘不磕头，因为我是叶赫那拉氏，我曾祖父跟祖父都在清朝做官做得很高，如果清朝不亡，要把我选进去怎么办？那个时候选妃，清朝贵族们一定要报名，不报名那是欺君大罪。当时两个太后，一个要选文绣，另一个选婉容，争执不已。据溥仪《我的前半生》记载，他说给我看相片，那么小我根本看不清楚，随便画了一圈，画的是文绣。另外一位太后就说不好，文绣长得不漂亮，出身的家庭也不是很高贵，有一个出身很高贵，长得也漂亮的就是婉容，就圈了婉容。《我的前半生》中有婉容的相片，真是很漂亮、很灵秀的一个女孩子，这个女孩子是陈曾寿的学生。为什么是陈曾寿的学生？因为溥仪的师傅是陈宝琛，陈宝琛跟陈曾寿这二陈是好朋友，所以他做了皇帝的师傅，就拉个好朋友来做皇后的师傅。据说皇后婉容在天津读过教会的学校，英文也很好，陈曾寿教她古文，据说还教她画画。我觉得婉容真是不幸，被关在皇宫之中，在日本人的胁迫之下，过那种完全不由自主的生活，后来吸上鸦片就死了，婉容是很不幸的一个人。

陈曾寿还做过皇后的师傅，那么当张勋复辟的时候，陈曾寿参加了，他还是拥护清朝的。可是复辟失败了，当溥仪到了天津，日本人要让他到东北去的时候，陈曾寿是坚决地反对他去。可是溥仪在很多人的威胁之下，再加上日本想要利用他，有很多想要做官的也想要利用他，所以把他弄去了。陈曾寿当时没有去，可是溥仪到那儿以后，来信叫他过去，说是还给婉容做老师。陈曾寿就过去了，给他官做，他坚决不接受。后来溥仪想留他，就说满洲这个地方是清朝努尔哈赤兴起的地方，很多清朝祖先的陵墓都在这里，你不如在我这里做官，去管祖宗的坟墓吧，就让他管陵墓。东北是很富庶的地方，参天的古木非常多，矿藏也非常多，而陵寝都是选择好山好水好风土，有矿藏有林木的地方，这些林木跟矿藏都是资产。所以日本人不干，他们想管陵墓，于是陈曾寿一气就辞职不干了，回到当时的北平。他晚年非常穷苦，非常潦倒。他刚刚经历变乱时，还可以在西湖买个房子住，最后连租房子都租不起了，就住在湖北的会馆里面。

陈曾寿的一个侄孙，就是跟我合作写《清词名家论集》的陈邦炎先生。陈先生亲口跟我讲了很多，陈曾寿晚年连租房都付不起，住在湖北的蕲水会馆里面，后来就死去了。所以陈曾寿说"漫等闲、擎天梦了"，当年读书的时候修身齐家治国平天下的理想就落空了。"任长空、鸦阵占茫茫"，这个塔擎天的梦破碎了，现在长空之上，就任凭这乌鸦一阵一阵地占领了天地。他所说的乌鸦是现实空中一阵一阵的乌鸦，也是当时国家的那些军阀跟土匪。"从今后、凭谁管领，万古斜阳"，从今以后再也没有雷峰塔了，那么谁挽留住这个斜阳？再也没有人了。

下面我们再看一首关于雷峰塔的小词。

浣溪沙

修到南屏数晚钟，目成朝暮一雷峰。缥黄深浅画难工。　　千古苍凉天水碧，一生缱绻夕阳红。为谁粉碎到虚空。

前面我们说了，词跟诗是不同的，像王国维说的"词之为体，要眇宜修，能言诗之所不能言"。词为什么形成这样一种特质？一方面是与它的起源有关系，它本来是歌辞之词，不是显意识的，而且都是以歌妓酒女的口吻写的，本来是相当女性化的，所以我曾经讲过双重性别造成了小词一种幽微要眇的特质。除了这个性质的缘故以外，还有就是词的格律。词的格律先不用说长调，我们刚才所念的那一首长调《八声甘州》的停顿，"镇残山风雨耐千年"，跟诗当然是不一样了。就算是《浣溪沙》，七个字一句，表面看起来跟诗差不多，但是不同。另外除了《浣溪沙》，还有一个词的牌调《玉楼春》，表面看起来也和诗差不多。欧阳修有几首有名的《玉楼春》：

> 雪云乍变春云簇，渐觉年华堪纵目。北枝梅蕊犯寒开，南浦波纹如酒绿。　芳菲次第还相续。不奈情多无处足。尊前百计得春归，莫为伤春歌黛蹙。

《玉楼春》七个字一句，八句，但是它不是律诗，这是很微妙的一点。小词之所以要眇幽微，因为它声音的顿挫曲折，还不只是说长调有顿挫曲折，就是你看《浣溪沙》，七个字一句，"修到南屏数晚钟"，平仄平平仄仄平，"目成朝暮一雷峰"，仄平平仄仄平平。后面如果是律诗，就应该是什么？仄仄平平平仄仄，平平仄仄仄平平，这是一个循环。但在小词中它变了，是"缥黄深浅画难工"，仄平平仄仄平平，重复了一下。《玉楼春》也是如此，它不是七言律诗，它的平仄都是把七言律诗的平仄倒回去了。跟诗的格律有变化，就增加一种顿挫曲折的美感。词一方面它的起源，一方面它的格律，你就不用说长调的格律跟诗不同，就是小令，它绝不许你平着下去，它要倒回来。

我们现在来讲这首词。"修到南屏数晚钟"，南屏山上的晚钟，他说我真是几生修到的，一个人能够有这样安定的生活，每天傍晚黄昏听到南屏山上的晚钟，我可以这么安静地听，我可以一声一声计算着来听。这里的用字要注意，"修到南屏听晚钟"，也未尝不可以，但是"听"字就是一个意思，"数"，听的时候那种寂寞、那种安静，那种长远久远都表现出来了。

"目成朝暮一雷峰"，"目成"是《楚辞·九歌》里面的句子，"满堂兮美人，忽独与余兮目成"，满屋子里边都是美女，但是这个女孩子忽然间就单单跟我目成了。古人常常说男子跟女子一见倾心，说目成心许太匆匆，两个眼光一对，我的心就许给他了，那个叫目成。陈曾寿说我早晚朝暮面对的，我目成心许爱上的就是这个雷峰塔。雷峰塔真的是美，它晨昏的光影的云烟的变化，有的时候是缥黄的颜色有深有浅，天上的云影围绕着塔影，衬着背后的黄昏落日，"缥黄深浅画难工"，没有一支画笔能够画出这么美妙的景色。

现在这个塔没了，"千古苍凉天水碧，一生缱绻夕阳红",千古苍凉,这个西湖现在显得这么空旷。这样的寂寞,这样的苍凉,只剩下青天碧水,没有这个塔了。缱绻是丝线的缠绕,那种多情。这个塔背影就是夕阳红,面对着雷峰塔,引起我这样缱绻的千回百转的眷恋,这种爱恋的感情,衬着那背后的夕阳的红影。可是它为什么不在了?为谁,你为什么就不肯存在,而且你不但消失得这样粉碎无存,你还"为谁粉碎到虚空",就一无所有了。

这是陈曾寿晚年的悲哀,而这里面还隐含一个典故。他那一首《八声甘州》不但说了很多古代的历史,还隐藏了很多战乱悲慨,"千古苍凉天水碧"里边也有一个典故。据说南唐的中主、后主都是喜欢歌舞宴乐。宫中有很多歌女舞女,后宫的佳丽无数,这些佳丽当然要穿美丽的衣服,所以她们就染碧色,就是浅蓝色的衣服。有一天她们染色以后挂在外边,忘记拿回来,晚上就下了露水,打过了露水的、浅蓝的颜色染出来特别地好看。她们就把这种颜色叫作天水碧,是天上的露水染出来这样的一片碧蓝。可是这里面就很妙了,等到南唐亡国以后,人家就说这是一个预言,因为天水是赵氏的郡望,北宋的宋太祖赵匡胤正是姓赵的;而这个"碧"字呢,就跟逼迫的"逼"字同音,说南唐管这个衣服的颜色叫天水碧,这就预言了他们将要被北宋的赵宋所逼迫灭亡。陈曾寿用的这个典故，使这句词看起来别有丰富的意涵。

本文据2011年加拿大华裔作协演讲整理而成

闫晓铮 整理

五

吕碧城：五首词作中所折射的独立之志

吕碧城（1883—1943）是安徽旌德人，她父亲名叫吕凤岐，是清光绪三年的进士，曾经做过山西的学政。她的母亲严氏是继室，一连生了四个女儿，而中国从来都是母以子贵，所以女子不管生了多少女儿，只要不生儿子，还是没有地位的。吕碧城十三岁那年，她的父亲去世了，她母亲没有儿子，所以家产被族人侵占，就无以为生了。在这种伦常惨变的家难之中，她们母女甚至被族人幽禁，而且之前吕碧城年幼时曾许婚的汪姓子，见此变故，也借词退婚。古代女子被退婚，是一件极不光彩的事情。所以，吕碧城就奉母命到塘沽投靠了她的舅父严朗轩，在舅父家中发奋读书。塘沽离天津很近，天津有很多租界，在近代也是得风气之先的。

1904年春初，吕碧城约了舅父椎署的一位方夫人，准备同往天津探访女学，可是遭到了舅父的骂阻。她舅父不许她去："女孩子抛头露面跑到天津研究什么新学？"我的祖父当年也跟我母亲说过类似的话，说等我长大了，不要让我上学校念书，说上学念书就管不了了。可是吕碧城很了不起，翌日"逃登火车"，她离家，而且一分钱都没有带，真是大胆。幸于"车中遇佛照楼主妇，挈往津寓"，就跟她一同来到天津，暂时住在这个人家里。后来又得知约她同赴津门的那位方夫人住在《大公报》的报馆里边，吕碧城就写了一封信给方夫人，"驰函畅诉"，写了一封很长的信，述说她的理想。这封信就被当时《大公报》的创办人英敛之先生看见了，对之大加赞赏，于是就请她到报馆做编辑。她既然在报馆里做事又是编辑，就经常在报纸上发表诗文作品，马上声名鹊起。当时袁世凯是直隶总督，也欣赏她的才华，委其筹办女学，吕碧城很快就在天津筹办了北洋女子公学，亲任总教习，那时她才不过二十二岁。

当时秋瑾也是宣扬女子要独立要平等，一定要先求新知，所以要兴办女学。秋瑾自己本来有一个别号就叫"碧城"，现在看到报纸上整天都是"吕碧城"，跟她同名而且也是主张办女学的，所以就到天津来相访。通报的门房跟吕碧城说，有个梳头的爷们来见你。因为秋瑾穿的是男装，就跟柳如是去见钱谦益一样，"奇服何妨戏作男"。她虽穿的是男装，可是梳的是女人的头，所以门房说是"梳头的爷们"。英敛之很欣赏有才华的人，所以英敛之就留下秋瑾，让秋瑾跟吕碧城同在一个卧室住。第二天早晨吕碧城一醒来看见一双靴子，她就大吃一惊说什么人在屋子里，仔细一看就是秋瑾的男装，她穿的就是靴子。吕碧城就跟秋瑾认识了，那秋瑾就密劝吕碧城"同渡扶桑，为革命之举"，而吕碧城没有同意。从这里你就看出两个人不同了。两个人性格不同，写出来的词风格也完全不一样。秋瑾劝吕碧城一同到日本去参加革命，可是吕碧城虽然同情政体改革，但她说："予持世界主义，同情于政体改革，而无满汉之见。"一般人喜欢族群的小圈子，这其实是非常狭隘的一件事情；吕碧城说，我们整个国家要改良要变法要维新，而不是说汉族一定要把满族驱除了。这就是吕碧城跟秋瑾见识的不同，但是她也答应秋瑾，说自己可以协助"任文字之役"，意思是秋瑾你要是宣传改良或者宣传妇女的新学，我都可以给你写文章，任文字之役。

1912年民国成立，袁世凯就礼聘吕碧城做总统府的秘书，她当时真的是很有名气。她不仅结识了袁世凯的二儿子袁寒云，还结识了当时很多的诗人文士。可是不久以后吕碧城就离开北方，"奉母居沪上"，在上海"与西商角逐贸易"，她还很会做买卖，有人说她可能是投资炒股票，马上就赚了很多的钱，盈利甚厚。有钱之后她就到各地方去游历，不仅游历了中国的名山胜水，还在1921年前后到美国哥伦比亚大学研习美术，也学习英文，她还曾经跟严复学过名学（逻辑学的旧称）。吕碧城很喜欢读书，而且非常聪明，学什么一下就学会了。1926年她再次来到美国，后来又从美国转赴欧洲，游踪遍及英国、法国、德国、意大利、奥地利、瑞士。后来，她选择了瑞士，在瑞士的雪山之中，居住了有十年之久。

想想吕碧城当初遭遇那样的家难，还被人退婚，后来又身无分文地坐火车从她舅舅家离家逃跑出来，一个人在京津上海打天下，现在又游历了世界各地，最后选择了瑞士的雪山，真是了不起。1929年她曾经出席欧洲维也纳的一个动物保护大会，她那时候英文也好，法文也好，而且又年轻貌美，穿着华丽的衣服，戴着奢华的首饰，做讲演风采震动了全会场，所以她总是马上就能出名的，有才华有风采。

20世纪30年代，很多人因为受《印光法师嘉言录》的影响，都皈依了佛教。最初欣赏吕碧城才华的英敛之是天主教徒，英敛之给她写了许多封信劝她接受天主教，她没有接受。后来偶然的一次机会，她在欧洲应一位公使夫人的"摴蒲之约"（"摴蒲"是古代的博戏，以掷骰决胜负），就是有些贵夫人约她一起打麻将，像李清照也是喜欢博戏的一个人，喜欢跟人家争强斗胜。打麻将的时候就有人送来佛教的宣传，就是《印光法师嘉言录》。其他那些贵妇大概没有什么兴趣，吕碧城说给我，就把它拿回去了，她就好好地读了一遍。她这个人果然有慧根，"学佛之念油然而生"，就皈依了佛法，后来就致力于向西方世界翻译介绍佛经。

1940年，吕碧城回到亚洲，那时候已经是日本占领的时代了。她就选择留在了香港。香港有一个叫"东莲觉苑"的地方，她住在那里学佛修道。1943年吕碧城就病逝于东莲觉苑，她临终前留下遗命，"以骨灰和面为丸"，把她火化以后的骨灰跟面粉和在一起，做成小小的像糯米丸子一样就投在海中，"与水族结缘"。我有一个学生写过两句诗，"何似皮囊化虀粉，更将虀粉付鱼餐"，说的就是吕碧城。吕碧城的遗著有中文的也有英文的很多种，合名为《梦雨天华室丛书》。很多信佛教的人临死时会念一首诗，这不是普通的诗，有佛教偈语的意味，吕碧城也有一首绝命诗：

护首探花亦可哀，平生功绩忍重埋。匆匆说法谈经后，我到人间只此回。

"护首探花"就是你要保护着头颅，因为很多地方还是不自由的，畏首畏尾，你要去探花，你要有所作为，可是不得不"护首探花"，这是很悲哀的。作为一个女子，你有远大的志向，有出众的才华，但是"护首探花亦可哀，平生功绩忍重埋"，留下来的就是她的一些著作了，她说不忍心埋没，所以她自己编订了《梦雨天华室丛书》。"匆匆说法谈经后"，她晚年所写的作品都是说法谈经，完全是宣扬佛教的，而且是向西方宣扬佛教，把很多佛经都翻成英文，"匆匆说法谈经后，我到人间只此回"。我小时候看过一本小说，可能是张恨水写的，其中也有两句说"今日饱尝人意味，他生虽有莫重来"，说是这一辈子已经受够了，他生我也不再来了，所以吕碧城就说"匆匆说法谈经后，我到人间只此回"。

吕碧城真的是值得注意的一位作者，我们已经简单讲过她的生平了。在那种伦常惨变的家难之中，还遭遇到退婚，我想这是吕碧城内心的一个 complex（情意结），她是被解除过婚约的一个人。然而吕碧城真的是有勇气、有智慧，而且学习非常敏捷。所以她后来经商致富，游历欧美，然后在瑞士的雪山之中置一所房子去住。吕碧城为什么一个人到雪山上去，那就是因为她觉得尘世之间没有一个她看得上眼的人。她曾经写了一篇文章，叫《予之宗教观》，就写她对于宗教的看法，她自己在这篇文章里有一段话，她说：

> 母夙媚灶，为予问卜，得签示曰："君才一等本加人，况又存心克体仁。倘是遭逢得意后，莫

将伪气失天真。"恰是勉勖游子之词。厥后虽未得意，而自此独立，为前程发轫之始。又游庐山之仙人洞，龛祀纯阳，吾宗也。道士怂试著蔡，乃以婚事为询，得示曰："两地家居共一山，如何似隔鬼门关。日月如梭人易老，许多劳碌不如闲。"此即吾母卜婚之谶，而毕生引以为悔者。当时予虽微诧，亦未措意，后且忘之，而年光荏苒，所遇迄无惬意者，独立之志遂以坚决焉。

她说她母亲从前为她卜了一个卦，签上说"君才一等本加人"，说你的才华是过人一等；"况又存心克体仁"，又说你的心肠很好，你内心所存的是一种仁爱之心。吕碧城后来一直致力于护生运动，在欧洲还参加动物保护大会，盛装出席，用英文发表演讲，当时也轰动了全场，所以她是宣扬保护动物的，果然是"存心克体仁"。"倘是遭逢得意后"，说假如你将来春风得意了，诗词文章也写得好，角逐经商也发财了，"莫将伪气失天真"，说你不要被那些虚伪矫饰、造作浮夸的社会风习改变了你原来天真的性格。这个签确实说得有点意思。后来有一天她又到了江西庐山的仙人洞，她这次就专门"以婚事为询"，也得到了几句话，说"两地家居共一山"，因为她小时候许聘的那家人家是她的同乡，所以"两地家居共一山，如何似隔鬼门关"，可是两家碰不到一起，说怎么会好像隔着鬼门关一样呢。"日月如梭人易老"，日月穿梭，时节如流，人转眼之间就衰老了，"许多劳碌不如闲"，说你劳碌一生，最后还是落空的。然后她就说"此即吾母卜婚之谶"，她说这就是我母亲从前为我的婚姻占卜所得到的预言，"而毕生引以为悔者"，我的母亲终生都为此而后悔。就是她小的时候她母亲替她许了婚，而后来因为她家里变故被人家解除了婚约。"当时予虽微诧"，她说我当时很诧异，怎么会算出这样的话来呢，"亦未措意"，我没有在意，因为还年轻，算了卦谁知道灵不灵，"后且忘之"，她说把算卦的事情就忘记了。"而年光荏苒"，可是光阴年华一年一年就过去了，"所遇迄无惬意者"，吕碧城结识了不少的男子，也有许多有才华的诗人文士，可是所遇没有一个让她满意的。于是"独立之志遂以坚决"，她就抱定了独身主义，终身没有结婚。她的词里边很多都流露出孤高自赏且非常寂寞的一种心境。

《清平乐·落花》

我们看她的一首词：

> 清平乐·落花
>
> 大千尘世，总是消魂地。粉怨香愁无限意，吹得满空红泪。　　临风犹弄娉婷，回看能不关情。愿诵楞严一卷，忏渠簸涸飘零。

吕碧城的词写得很好，她真是一个有才华而且学识也非常丰富的女词人，不但用字用得很好，而且她的意思是隐含在里边的。她说"大千尘世，总是消魂地"，佛教说的大千世界，我们世间的种种喜怒哀乐、悲欢离合的万象，莫不使人魂消肠断。哪个人没有经历过生离，哪个人没有经历过死别，哪个人没有生死，哪个人没有别离，所以"大千尘世，总是消魂地"。"粉怨香愁无限意"，那"粉"和"香"都是世间最芬芳最美好的，以人来说，哪个美丽的女子是不施香不敷粉的；以花来说，花上的花粉还有花的馨香，多么珍贵美好，而哪一朵花不飘零，"粉怨香愁无限意"，所以对花来说，花上有多少花粉，花上有多少芳香，那都是"粉怨香愁"，你当时对这个花有这么多的感情，现在"吹得满空红泪"。我曾经居住过的温哥华市每年的春天那么多的花树,你眼看她含苞,眼看她怒放,也眼看她飘零,那真是"吹得满空红泪"。杜甫说"一片花飞减却春,风飘万点正愁人","一片花飞"就减却了春天的美好,何况现在已经是"风飘万点""满空红泪"了呢?张炎的词也说"杨花点点是春心,替风前万花吹泪",那细小的花瓣,从空中飞下来,就好像一个一个的泪点,而且都是红色的泪点,所以"吹得满空红泪"。可是"临风犹弄娉婷",就算这个花落了,花在被风吹下来的那一刹那,她也还要表现自己的美好。冯延巳曾经也写过一首词,"梅落繁枝千万片,犹自多情,学雪随风转",他说花到临落的时候,也还要舞出一个美丽的姿态来。所以"临风犹弄娉婷",当花在风前飘落的时候,她在风中都要舞弄出一个娉婷美丽的姿态,"回看能不关情",你回头一看,这么美好的花转眼就飘零了,你怎么能够不动情呢。吕碧城说我就"愿诵楞严一卷",花是如此的,人何尝不是如此的呢?所以她说我现在真是只有皈依佛门,把所有人世间这些悲欢离合的痛苦都放下,"愿诵楞严一卷",我不但为人忏悔,还为花忏悔。为花忏悔什么?"忏渠簾溷飘零"。我为那个花忏悔,因为花自己不知道忏悔,花落下来落到哪里去了?有的就落在篱笆边上了,是籓;有的就落在厕所里了,是溷。我以前讲过晚清陈宝琛的《落花》诗,"燕衔鱼唼能相厚,泥污苔遮各有由",花都是要落的,落到哪里你不知道,也许是"流水落花春去也","流水落花"其实是不错的,如果落到那些污秽的地方呢?"忏渠籓溷飘零",每一个人的命运,每一朵花的飘零,都是不一样的。所以她《清平乐》这一首小词,虽题目写的是"落花",但是包含了很多人生的悲慨和宗教的哲理在里边。

《祝英台近》(缒银瓶)

再来看第二首《祝英台近》:

祝英台近

缒银瓶,牵玉井,秋思黯梧苑。蘸渌搴芳,梦堕楚天远。最怜娥月含矉,一般消瘦,又别后,依依重见。　　倦凝眄。可奈病叶惊霜,红兰泣骚畹。滞粉黏香,绣屧悄寻遍。小栏人影凄迷,和烟和雾,更化作,一庭幽怨。

钱仲联先生的《清词三百首》说这首词"疑是伤

悼庚子年珍妃被那拉后命崔太监推坠井中死难事。庚子年作者十八岁，词如作于辛丑，则年十九，所以为早岁之作"。过去这些才女都是很小就会写诗词的，因为她们不像男子，男子就算没有诗的天才但是为了要科考也要被逼得作诗作文，他也许还半天学不会，可是女子没有人逼，她是自己喜欢而且有这种才分，所以都学得很快。明朝的叶小鸾十几岁就死了，可是留下的作品真是千古流传。所以庚辛年间，吕碧城不过十八九岁。庚子八国之乱，当八国联军进入北京的时候，西太后要带着光绪皇帝出京逃走，而珍妃就追出来说皇帝应该留下来。珍妃这个人真是有思想、有见解，也有聪明才智，可她就是不能够韬晦，不能够隐藏，她有什么话就说，所以慈禧太后就大怒，就叫太监把她投到井里去了。光绪虽然是皇帝，"六军不发无奈何，宛转蛾眉马前死"，唐玄宗保全不了杨贵妃，光绪皇帝更保全不了他的珍妃。据说他当时全身发抖，不敢说一句话。其实清朝当时很多的词人，都写过哀悼珍妃的词。

"银瓶玉井"其实有个出处，白居易有一首诗《井底引银瓶》，就是写在井里打水，有一个银瓶掉在井里边了，因为珍妃是被慈禧太后叫一个太监投到井里的，所以"缒银瓶，牵玉井，秋思黯梧苑"，那是八月庚子之变,是秋天,"秋思黯梧苑"。"蘸渌搴芳","蘸渌"就是沾湿了掉在水中了,"搴芳"就是芬芳的一朵花被攀折下来了,"梦堕楚天远",一个人的梦破了,梦醒了。"最怜娥月含颦,一般消瘦,又别后,依依重见","娥月含颦",说我看到天上那一弯月影,就好像一个女子蹙眉含颦忧愁的样子,"最怜"她"一般消瘦"。所以钱仲联先生说,这首词可能作于辛丑,就是去年的八月珍妃被投到井里,今年又到了八月了,今年又到了秋天了,"一般消瘦",同样的消瘦,"又别后,依依重见",就是一年之后又到了那一天了,我又看见月亮了。"倦凝眄",她说我看得如此之疲倦。"可奈病叶惊霜,红兰泣骚畹",这个女子的飘零萎落就好像一片病叶,在秋天经受了多少寒霜冷雨,"可奈病叶惊霜";又好像屈子的《离骚》所写的那种美丽的兰花在园圃之中哭泣,"红兰泣骚畹"。"滞粉黏香",是说现在我走过从前的路,寻觅当年往事的痕迹,处处是这个女子的绣鞋遗留下来的粉气,她当年的香痕,"滞粉黏香,绣屧悄寻遍"。"小栏人影凄迷",我站在栏杆上恍惚之间若有人兮,恍兮惚兮仿佛人影凄迷,"和烟和雾",好像是一团迷离的烟雾,"更化作,一庭幽怨",那凄迷的人影、迷离的烟雾,顿时就都化作满庭的幽怨,就化作我满怀的幽凄和哀怨了。钱仲联先生以为这首词应该是反映了这样一种历史背景，清朝的周济说"诗有史，词亦有史"，所以在晚清写词要反映历史的风气之下，吕碧城也写了这样一首词，可能反映了庚子之变，反映了珍妃之死。晚清的时候，很多人写有历史背景的词，吕碧城也留下了这么一首词。

《浣溪沙》（不遇天人不目成）

下面一首《浣溪沙》，据研究吕碧城词集的李保民先生考证，以为这是1929年吕碧城已经住到瑞士的雪山之中所写的。当时她已经去国离家，而且抱定了独身主义，所以一个人跑到瑞士的雪山里边去了。这首词把吕碧城那种遗世独立的精神写得很好：

浣溪沙

不遇天人不目成，藐姑相对便移情，九阊吹下碎琼声。　　花号水仙冰作蕊，峰名玉女雪为棱，好凭心迹比双清。

自注：雪山当窗，朝夕相对。

我们已经讲了吕碧城年轻时候卜过卦,就算定她的婚姻是不成的,果然光阴荏苒,年华老大,居然没有碰到一个看得上眼的人,没有惬意者,没有一个人她看得上。她现在就看上了瑞士的雪山,就住到瑞士的雪山之中去了。吕碧城说得很好,"不遇天人不目成","目成"是出于《楚辞》的《九歌》,"满堂兮美人,忽独与余兮目成"。《九歌》是楚地巫者祭祀鬼神的歌,巫者唱这些歌把神灵请下来,那些祈祷的,敬拜的,祭神的人,满堂都是美人,可是降下来的这个神,"忽独与余兮目成",他只是忽然间看了我一眼,就单单地跟我四目相对,定了个成约。如果两个人真是知音的话,就可以不用说话,相视一笑,就莫逆于心了。所以我以为吕碧城只是平生真的没有碰见一个看得上眼的人,如果碰见我相信她一定会目成的,所以她说"不遇天人不目成",什么人才值得她目成?不是像"天人"那么美妙的,那么高华的,不是这样的人我就不跟他目成,一般社会上的人,我连看都不看。那现在她看到谁就目成了?"藐姑相对便移情"。"藐姑",这是《庄子·逍遥游》上说的,"藐姑射之山,有神人居焉。肌肤若冰雪,绰约若处子……之物也,物莫之伤。大浸稽天而不溺,大旱金石流、土山焦而不热"。《庄子》都是寓言,中国的哲学所以跟西方的哲学很不一样,西方的哲学真是 very logic,都是逻辑、都是条理、都是理论;中国的哲学,中国的各种子书,都不是空谈理论,而是一个一个的故事,都是用故事来说明哲理的,所以中国真是诗的国度。《庄子》是告诉我们人生的一种境界。人活在尘世之间,你如何能够保持自己,如何能够逍遥,如何在那种纷纭复杂的变乱灾难之中不但保持你自己,还真正能达到逍遥。庄子就讲了一个故事,他说:"藐姑射之山,有神人居焉",是说在很渺远的那个姑射的山上,有神人居焉,有一个真是"天人"那样的人就住在那里,说她"肌肤若冰雪",她的身体肌肤如此之晶莹洁白像冰雪一样;"绰约若处子",她苗条的那种姿态像一个青春的少女。"大浸稽天而不溺",世界发了大水,水一直涨到天那么高也淹不到她;"大旱金石流、土山焦而不热",大旱的时候太阳那么炎热,把金石都融化了,土山都烤焦了,而她居然没有感觉到热。果然有这样的一个神仙吗?所以吕碧城说"不遇天人不目成",而一眼看到瑞士这满是冰雪的高山,如与藐姑相对,马上就钟情于此,"藐姑相对便移情"。"九阊吹下碎琼声","九阊",是九天阊阖,天的最高之处的天门叫阊阖,那九阊就吹下碎琼声,是飘下的雪像琼花,纷纷飘飘,那是"碎琼声"。"花号水仙冰作蕊",她说这个山充满了冰雪,就像水仙花一样,花蕊不是一般的花蕊,是冰作的花蕊;"峰名玉女",这个山也可以比作中国的玉女峰,可它是"雪为棱",每一个山棱上都是积雪。"好凭心迹比双清",我就凭着这样的冰雪高山来比照自己,我内心的境界跟她一样的洁白,一样的晶莹。我想这是她见到瑞士的雪山目成心许的时候写的这首词,所以就决定住在瑞士的雪山里边了。

《蝶恋花》(彗尾腾光明月缺)

吕碧城有四首《蝶恋花》,我们这里录了两首。第一首:

> 彗尾腾光明月缺,天地悠悠,问我将安托。一自鲁连高蹈绝,千年碧海无颜色。　容易欢场成落寞,道是消愁,试取金尊酌。泪迸尊前无计遏,回肠得酒哀愈烈。

吕碧城的词有很多高远的想象,这是她喜欢用的形象。西方的文学批评也认为,作者习惯使用的形象与她自身的性格有某种相近之处。她喜欢写高远的,喜欢写寒冷的,这是吕碧城。

"彗尾腾光明月缺",彗星是扫把星,扫把星总是拖着一个很长的尾巴,她说扫把星拖着长长的尾巴在天上腾空划过,当扫把星划过的时候,明月就残缺了。吕碧城的词常常有很深隐的意思,或者是很深隐的哲理。她是说我们这个人间的世界,你看到处的灾难,到处的战乱,到处的罪恶,"彗尾腾光",那高悬皎洁的明月就残破了。"彗尾腾光明月缺",这样的世界,这样的人间,到处都是战争,到处都是罪恶,到处都是灾难,没有一个真正理想的圆满的所在,"天地悠悠",天之高地之广,"问我将安托"?你在这个世界上要托身在哪里呢?这个世界上哪一片土地才是真正安宁的、祥和的、干净的土地,所以"天地悠悠,问我将安托"。"一自鲁连高蹈绝,千年碧海无颜色",鲁连,是战国时候的鲁仲连。鲁仲连是一个高士,他是主张和平的,可以在国与国相争的时候平息战乱,而讲和了以后人家要酬谢他,他拒不接受任何封赏,而且鲁仲连义不帝秦,不肯尊秦为帝,秦要统一天下,他说如果有这样的一天,自己就蹈东海而死,与其被秦始皇这样暴虐的人统治,我宁可跳到海里去自杀。这是当年的鲁仲连,是个爱好和平而且绝不为暴力所屈服的人。可是现在鲁仲连蹈海死去了,鲁仲连死去以后，是"千年碧海无颜色"。千百年以来，我们还有一个像鲁仲连这样的人吗？没有了，千年碧海就没有颜色了。

前半首她都是用的天地宇宙和历史的形象，后半首写她自己了。"容易欢场成落寞"，吕碧城不是很喜欢参加那些摩登的 party 吗？而且打扮得很漂亮，还特别喜欢奇装异服，戴很多名贵的首饰的吗？这是她年轻的时候，大概她希望能够引起人注意，可以找到一个能够跟自己目成的人。那个"天人"没遇到，当然也没有目成，所以她后来就看破了，"容易欢场成落寞"，欢场是热闹喧嚣的，可她总是觉得是寂寞的。"道是消愁，试取金尊酌"，说酒可以消愁，我们就拿起酒杯来喝酒吧。可是，当拿起酒杯的时候，"泪迸尊前无计遏"，我想要消愁，所以要喝酒，可是一拿起酒杯我就流下泪来，我没有办法止住自己的泪水，"回肠得酒哀愈烈"，我千回百转地哀伤，喝了酒以后我的悲哀反而就更加浓烈了。

《蝶恋花》(为问闲愁抛尽否)

我们再看另一首《蝶恋花》：

> 为问闲愁抛尽否，收得乾坤，缥缈归吟袖。雪岭炎冈相竞秀，一时寒热同消受。　　泪雨吹香花落后，尘劫茫茫，弹指旋轮毂。便作飞仙应感旧，五云深处犹回首。
>
> 自注：瑞义比邻，雪山火山，两国相望。

前面我们说吕碧城认为人间已没有惬意之人，所以自己跑到瑞士的雪山里边去住了，而且要学佛修道。但是，一个人想要挥慧剑斩情根，果然就都斩断了吗？所以开头她写，"为问闲愁抛尽否"，你的那些闲愁幽绪，你真的能抛弃得了吗？你真的把人间一切的烦恼哀伤都可以断绝了吗？"收得乾坤，缥缈归吟袖"，吕碧城真是对她自己的诗才作品非常自得，她说我可以收拾乾坤，把宇宙天地都收进来，"收得乾坤"，放在哪里？"缥缈归吟袖"，放在我的吟诗的袖子里边。唐朝的李贺说要作诗，就骑着毛驴去游山玩水。碰见山水好，写两句放在袖子里边，再碰见再写两句，又放在袖子里边，这是"吟袖"。古人的袖子很肥大，所以能装很多。可是你看吕碧城她的闲愁都抛尽了吗？抛尽就不作诗了，没有感情作什么诗呢？还是没有抛尽，你才把乾坤天地，古往今来"缥缈归吟袖"，都收到你的吟袖里边去了。

"雪岭炎冈相竞秀，一时寒热同消受"，你收进来你的感情，就是把你的感情写成了诗，把诗都收到吟袖，你的吟袖里边收的都是什么感情？有的像雪岭的感情，是那样的冰寒的；有的是火热的感情，像火焰山一样的炎冈，她说不管我写的是像雪岭一样冰寒的感情也好，还是写的是像炎冈一样热烈的感情也好，"相竞秀"，都是好的，都写得很美了。"雪岭炎冈相竞秀"，所以"一时寒热同消受"，我自己所有的感情，寒冷的感情，炎热的感情我都体会了，我都经受了。我当年什么感情都消受了，最冰冷的感情，最炎热的感情，我都写到我的诗里去了。

现在是"泪雨吹香花落后"，她的想象很丰富，我的泪落如雨，不但是泪落如雨，而且泪还有香气，都飘散的有香气，而"泪雨吹香"同时也说的是花，花上如果有雨点就是花的泪雨，花也有香气，所以不但是流泪而且散发着芳香的，这样的花零落了。花怎么样零落的？花一瓣一瓣零落的，每一瓣落花上，都有她的泪点，每一瓣落花上，都有她的芬芳。每一片落花的花瓣，都带着她的泪点；每一片落花的花瓣，也都带着她的芳香，这是她人生的泪点，也是她人生的芳香。"泪雨吹香花落后，尘劫茫茫，弹指旋轮骤"，这大千世界，尘世之间，真是茫茫的劫数，无边无岸的忧愁和烦恼，而且是"弹指旋轮骤"，好像一弹指之间这个大千世界就转动了。人生是短暂的，人世也是短暂的，你看古往今来几千年不是都过去了吗？

人生不过如此，你现在可以看破红尘了吗？可是她说"便作飞仙应感旧"，我就是做了神仙，难道我真的就没有感情了吗？我就是做了神仙，我对于往事，我对于旧情就真的能够忘怀了吗？所以"便作飞仙"，你也应该还是会感旧的。"五云深处犹回首"，你到了那五彩的云端，你也忍不住还要回头，看一看那人间的世界。"便作飞仙应感旧，五云深处"是"犹回首"，这就是坚强勇敢、有绝世才华的吕碧城她内心世界的种种。

《临江仙》(空记觥孤家难日)

以上几首都是写她内心的境界，她各种的经历和感受。最后这首《临江仙》是写得比较切实的，写她自己的家庭。

临江仙

空记藐孤家难日，伊谁祸水翻澜。长余风木感辛酸，囊萤书惯读，手线泪常弹。　　东望松楸拚一恸，无由说与慈颜。虚声今日满江关。重泉呼不应，多事锦衣还。

自注：祭先母墓。

这是写现实的感情。前面几首都是她的想象，天人历史、乾坤宇宙的想象，现在是写她自己的身世。"空记藐孤家难日"，"藐"，是微小的；"孤"，是孤苦的。当她父亲去世，她母亲带着她们姐妹几个人被人从家里边赶出来的时候，那真是"藐孤"。遭遇到这样的家难，"空记藐孤家难日"，是"伊谁祸水翻澜"？"伊谁"，那是哪一个人，什么人制造出来我们家里这样的灾祸。所以，从性别与文化来看女性的词，你真是要知道社会风俗习惯的力量之强大，就因为她母亲没有儿子，一大片家产就都被族人给掠夺了。你没有办法抵抗整个社会的力量，在社会寸步难行。接下来"长余风木感辛酸"，"风木"，是中国古人常说的"树欲静而风不止，子欲养而亲不待"了。树需要安静的时候可是风是不会停止的，子女要孝养父母的时候父母已经死去了，所以当你还能够尽到你的感情和责任的时候，你应该好好地掌握住。她说我现在再想孝顺我的母亲已经来不及了，"长余风木感辛酸"。"囊萤书惯读，手线泪常弹"，想到当年我母亲带着我们姐妹被赶出家门的时候，穷困无以为生，夜里没有灯火我们就囊萤映雪，拿个口袋装了萤火虫来看书，"囊萤书惯读"；我们一边读书，母亲就一边做针线，"慈母手中线"，一边做针线一边就流下泪来，这是回想当年她母亲和她们的生活，"手线泪常弹"。"东望松楸拚一恸"，她后来到了美国，到了欧洲，那老家在东方，所以是"东望"，"松楸"是坟前所种的树木，她说我东望我的故乡，东望我母亲的坟墓，"东望松楸拚一恸"，我就是拚着一声长恸，也"无由说与慈颜"，我再也不能把我今天的一切告诉我母亲了。"虚声今日满江关"，她如今功成名就，又有了钱，又有了名，她自己客气了，说我这是虚声浮名，"今日满江关"，天下到处都知道我吕碧城了。可是"重泉呼不应"，母亲在九泉之下，我再也唤她不回来了。"多事锦衣还"，古人说富贵不还乡如衣锦夜行，那现在她吕碧城果真是富贵了，有名有利，富贵回到故乡，可是母亲不在了，"重泉呼不应"，我衣锦还乡，真是多事，因为没有人和我一起享受那衣锦还乡的欢乐了。清代的黄仲则也写过两句诗说，"纵使身荣谁共乐，已无亲养不言贫"。当你荣华富贵的时候，谁真的跟你一起快乐？别人在恭维赞美你的时候，或许也有嫉妒也有比较，真正无私地跟你一同分享你的欢乐的就是你的父母了。所以，黄仲则也是说他的父母不在了，"纵使身荣"，不用说我还没有得到荣华富贵，就算是我得到荣华富贵了，谁跟我一同享受，谁真的觉得快乐，只有你的父母能真正享受你的快乐。看到子女的成长成才那是真正的快乐，别人就算是满口的恭维和赞美，他心里边有没有嫉妒，有没有比较，都很难说。所以"纵使身荣"，除去你的父母，"谁共乐"；"已无亲养"，没有双亲叫我奉养了，"不言贫"，我也不觉得自己穷困了。这就是孟子说的"仕非为贫也，而有时乎为贫"，是你有年迈的父母要奉养，他说我"已无亲养"，所以贫贱我也不在乎，"不言贫"。所以"重泉呼不应，多事锦衣还"，"纵使身荣谁共乐"，没有了母亲谁跟你享受你的欢乐。

其实吕碧城的词值得讲的还有很多，而且她见闻广博，游踪遍及世界各地，也写了许多中国千古以来的词人从来都没有写过的内容。1937年吕碧城删订汇印她的《晓珠词》，卷尾有她一段自识：

慨夫浮生有限，学道未成，移情夺境，以词为最。风皱池水，狎而玩之，终必沉溺，凛乎其不可留也。

吕碧城晚年皈依佛教，一直致力于弘扬佛法，译介佛经，可她始终没有真正斩断自己对于词的兴趣，所以我有一个学生就评价她是"慧剑词心吕碧城"，说她词心、慧剑兼而有之。可是现在她自己却说填词学道两相妨，说"移情夺境，以词为最"，她认为词是最妨害学佛修道的。关于这一点，我想大家好好地去把吕碧城的词集研读一番，就都会有自己的看法了。

本文据2004年温哥华演讲整理而成
杨爱娣、李云 整理

六

沈祖棻：不让须眉的『学人之词』

词有一种特殊的美感特质,跟诗是不一样的。诗是言志的,它本身的情意内容就有一份感动你的地方。杜甫说"致君尧舜上,再使风俗淳"(《奉赠韦左丞丈二十二韵》),林则徐说"苟利国家生死以,岂因祸福避趋之"(《赴戍登程口占示家人》),它的内容、它的这种情意,就使你感动。还有就是它的声调。"玉露凋伤枫树林,巫山巫峡气萧森。江间波浪兼天涌,塞上风云接地阴"(杜甫《秋兴八首》之一),它本身的声调就使人感动。因为诗歌是能够吟诵的,诗歌是一种直接的感发,是言志的,你在读它的时候,从它的情意、声调就直接得到一种感发。

可是,词的兴起是很妙的一件事情。最早敦煌的曲子本来就是配合当时流行乐曲歌唱的歌词,内容是非常多样的,不管是贩夫走卒,你是做什么事情的都可以配合流行的曲调写一首歌词:你是当兵的,你就写当兵的歌词;你是带兵的,就写兵法的歌词;你是看病的,就写医药的歌词;你是征夫思妇,你也可以写征夫思妇的歌词。可是这样的歌词,大家以为它流传于市井之间,文辞不够典雅,没有人给它印刷发行,所以大家后来都不知道了。一直到晚清在敦煌石窟的壁中发现了一些卷子,我们才知道原来当年有这样的曲子词。以前这些歌词没有刊行,最早刊行的一部集子当然就是《花间集》，而《花间集》编选的目的是给诗人文士在歌筵酒席之间娱宾遣兴的。"庶使西园英哲，用资羽盖之欢；南国婵娟，休唱莲舟之引"（欧阳炯），就是使在西园聚会的文人诗客用这些歌词增加他们游园宴赏的快乐，使得那些南国的美女不再唱浅俗的采莲的歌曲。其实那个时候，这些歌词与诗形成一种背离，是背叛。因为诗是自己言自己的志，可是词呢，是给歌女写的美丽的歌词，叫她去歌唱，不是言自己的志。宋人的笔记小说就记载了一个故事，说黄山谷喜欢写爱情的歌词，有一个学道的人叫作法云秀就劝黄山谷说"艳歌小词可罢之"，他说香艳的歌词，写男女爱情、美女相思的歌词，黄山谷先生你不要再写了。黄山谷说"空中语耳"，这是空中语，我写美女不见得是我真的爱上一个美女，我写相思也不见得就真的相思，这不过是空中的、莫须有的歌词。

词之双重性别与双重语境

那么，这样的歌词有什么样的意义和价值呢？

其实我们中国的词学从宋人的笔记开始一直都在探寻，这样既没有言志价值也没有载道理想的、关于美女和爱情的歌词有什么意义和价值。大家都在想，也想不出一个道理来。可是，理智上虽然没有想出一个道理来，却有一种感觉，就是李之仪在《跋吴师道小词》里写的："(小词)语尽而意不尽。"语言说完了，而意思没有完。"意尽而情不尽"，意思都说完了它还有一种不尽之意味可以引起读者很多的联想。这很多的联想一个是它语言的微妙，还有一个是写作者身份的微妙，我说是"双重性别"。《花间集》五百首歌词，十八位作者统统是男子，有一个女子吗？一个也没有。而里边的歌词却大都是用女子的口吻写的，女子的形象、女子的感情、女子的语言，这就是"双重性别"。就性别文化而言，一般社会中，对于男性原有一种性别文化的期待视野。作为男子，社会对之便自有一种科第仕宦的预期，作者有此预期，读者也有此预期，所以对男性所写的女性就自然引发了托喻之想，这是"双重性别"之作用所以形成的性别文化之背景。你想，如果我们作为一个妇女说"懒起画蛾眉"，这个很简单，就是这个妇女懒起在画眉。可是，如果是个男子说的"懒起画蛾眉"，就引起读者很多的联想，说这个就是有屈原的意思。屈原就以美女自比，说过"众女嫉余之蛾眉兮"（《离骚》），这里边就有托喻，是感士不遇，是一个人写自己的才华不被人欣赏，这是"双重性别"的作用。

还有就是"双重语境"的作用。"语境"就是语言的情境，你在什么样的情境说的这句话，怎么会是双重的语境呢？在晚唐五代，干戈扰攘，颠沛流离，其中有两个地区能保持小范围的安定而且生活也比较富庶：一个就是南唐，一个就是西蜀。而且，南唐西蜀的君主都是浪漫的，都喜欢文学艺术，喜欢歌舞宴乐，所以小范围里边他们就喜欢填写歌词。冯正中写道"日日花前常病酒，不辞镜里朱颜瘦"（冯延巳《鹊踏枝》），他写的是伤春的小词，可是张惠言说他是"忠爱缠绵"，饶宗颐教授说这是"鞠躬尽瘁，具见开济老臣怀抱"，为什么？那是因为冯正中身处的小环境。《阳春集序》记载：

> 金陵盛时，内外无事，朋僚亲旧，或当燕集，多运藻思，为乐府新词，俾歌者依丝竹而歌之。

冯正中喜欢宴乐，是在宴乐之间演唱这些歌词。可是呢，冯正中身为南唐的宰相，他身负着国家安危之重任，朝廷里面又有党争，进不可以攻，退不可以守，所以他忧思烦乱，他显意识说不出来的话，就写在伤春怨别的小词之中，无意识地（unconsciously）、潜意识地（subconsciously）流露出来了。而读者也因为他有这种双重的语言环境，说他是"忠爱缠绵"，说他是"鞠躬尽瘁"。可见，小词给读者很丰富的联想，一个是因为它有"双重的性别"，一个是因为它有"双重的语言环境"。像韦庄的《菩萨蛮》"红楼别夜堪惆怅"，张惠言也说它是"留蜀后寄意之作"。他怀念的是当时他所离别的"绿窗人似花"的那个美人，可是他也说了"凝恨对残晖，忆君君不知"，他也怀念他的故国。所以双重的语言环境就使得作者既在无心之中有了另外一层意思，也使读者从双重语境之中想象它的另外一层意思。

当像《花间集》这样的作品出现的时候，男性的词作对于男性的诗歌传统产生了一种背离。诗是言志的，而且中国所说的"志"，还不只是你的悲欢哀乐的感情而已。"志"，是孔子说的"盍各言尔志""士志于道"。"志"的里边有一种理念在其中。

朱自清先生写过《怎样读〈唐诗三百首〉》，所引的那些例证，那些个读书人，那些个男性的作者，他们所想的是什么？是"坐观垂钓者，徒有羡鱼情"，是"致君尧舜上，再使风俗淳"，都希望有一天能够仕宦，得志就要兼善天下，或者退隐就要独善其身；也有的先要追求隐，说"南山有捷径"，先得高名再去追求厚禄；也有的是得了厚禄以后，归隐去享受我的余年。总而言之，你看男性的作者，多多少少，正正反反，他所牵涉的是"仕"与"隐"的问题。正如莎士比亚所说的"To be, or not to be"（Hamlet）。你是做官还是不做官，是"仕"与"隐"的问题。

可是，女子有这样的资格吗？女子能够想到我是要修身齐家，以后我是要治国平天下的吗？哪一个女子能有这样的理想？哪一个女子敢有这样的理想？所以弹词《再生缘》里讲，孟丽君女扮男装考中了，也做了官，一旦人家发现她是女子，就必须老老实实回家去相夫教子，要延续后代，侍奉公婆，就没有资格追求治国平天下的志意了。所以，在言志的诗篇里边，女子一直处在不利的地位，你没有资格跟那些言志的男子争一日之短长。

幼卿与戴复古妻

现在好不容易有了"词"这种文体，是女性的形象，女性的语言，女性可以写自己的伤春怨别。可是古代的女子哪一个有谈爱情的自由？没有啊！女子就是要相夫教子，侍奉公婆。"不孝有三，无后为大"，你如果没有延续后代，就犯了"七出之条"，至于谈爱情，哪一个女子有胆量去谈爱情！诗呢，女子虽然作，可是作不过男子，因为他们男子都有志可言，女子无志可言。至于写小词，男子可以写爱情的歌词，男子可以用女子的口吻写爱情的歌词，温庭筠说："玉楼明月长相忆，柳丝袅娜春无力。门外草萋萋，送君闻马嘶。""画楼音信断，芳草江南岸。"他是写一个女子对男子的怀念。女子不能写这样的感情，尤其是良家的妇女，所谓缙绅之家的妇女。所以说，李清照真是一个勇敢的女子，她写自己的相思爱情。她说"雁字回时，月满西楼"，她说"才下眉头，却上心头"，她写她的相思，而且是对她丈夫的相思，这本来是合乎礼法的。可是宋朝王灼在《碧鸡漫志》里就批评李清照的歌词，说"自古缙绅之家能文妇女，未见如此无顾忌也"。陆放翁的《渭南文集》写了一篇《孙夫人墓志铭》，有一位孙夫人，小的时候非常聪明，很有才华，李清照想要收她做弟子，教她填词，可是孙夫人家里人不同意，连孙夫人自己都说不可以跟李清照去学填词。所以你就看，写诗女子写不过男子，写词女子根本就不敢写，所以最早期的歌词就是歌妓之词。歌妓一天到晚就唱这些歌词，她们熟悉这些个调子，敦煌曲子也是歌妓之词。"天上月，遥望似一团银"，天上圆的月亮像一团白银,"夜久更阑风渐紧",夜很深了,风吹得越来越紧了,"为奴吹散月边云",你这个风啊,就替我把天上的云彩吹散,把月亮露出来,"照见负心人",照见那负心的人。又说"我是曲江临路柳,这人折了那人攀,恩爱一时间",真正的女子写歌词就是骂那些男子的负心。可是男子写歌词都是女子怎么样对他相思,怎么样对他怀念,从来也不骂他负心。这是早期的"歌词之词",歌女都是通过这样的歌词抒写她的不平、她的悲哀、她的痛苦。偶然有士大夫人家里的女子也写了歌词,那是因为她遭遇了最大的不幸。女子平常不敢写表达爱情的歌词,只有当她遭遇了非常悲哀痛苦的经历,她内心的悲哀痛苦没有办法表达,于是才偶然留下了一首歌词。我说过在中国古代"女子无才便是德",《红楼梦》里面薛宝钗不是劝林黛玉说你是不可以写诗的,尤其不可以流露到外面去给人家看见。所以宋人的笔记偶然记载了一些女子的歌词,都是女子在极大的不幸痛苦中偶然写下的作品,如幼卿的《浪淘沙》:

>目送楚云空,前事无踪。漫留遗恨锁眉峰,自是荷花开较晚,孤负东风。　客馆叹飘蓬,聚散匆匆,扬鞭那忍骤花骢,望断斜阳人不见,满袖啼红。

这是宋人记载的故事，这个女子幼卿有一个感情非常好的亲戚，一个男子。后来因为她的父亲不满意不赞成，两人就分别了，她的表哥就另外结了婚，这个女子也结了婚。然后有一天在路上碰到这个表哥，她想跟表哥打一个招呼，表哥骑着马过去，理都不理她，所以是"客馆叹飘蓬，聚散匆匆，扬鞭那忍骤花骢，望断斜阳人不见，满袖啼红"，因为她有一段悲哀的感情故事，所以写了这首词。

这首还不是最悲哀的，我们再看戴复古妻的一首词，《祝英台近》。

> 惜多才，怜薄命，无计可留汝。揉碎花笺，忍写断肠句。道傍杨柳依依，千丝万缕，抵不住、一分愁绪。如何诉？便教缘尽今生，此身已轻许。捉月盟言，不是梦中语。后回君若重来，不相忘处，把杯酒、浇奴坟土。

戴复古是宋代有名的诗人，他本来在家里已经结过婚，后来在外面有一个有钱的人家欣赏他的才华，要把女儿嫁给他。当时他隐瞒了自己结过婚这件事，就跟第二个妻子结了婚。可他毕竟是有了家室的人，他也很怀念他的家人，结果被他第二个妻子发现了，也被他的丈人发现了。他的丈人很生气，就要责备他，可是他第二个妻子对他感情很好，很同情他，看到他有以前的妻子，便不再留他，于是就写了这首歌词，把戴复古送走了。词是这样写的："惜多才，怜薄命，无计可留汝"，我是欣赏你的才华，只是可惜我自己没有福分跟你在一起结为夫妇，我没有办法把你留住。"揉碎花笺，忍写断肠句"，我想写一首给你送别的词，但是我真不知道从何下笔，我几次写了，几次把我的纸揉碎了，我怎么忍心写下这样断肠的词句呢？"道傍杨柳依依，千丝万缕，抵不住、一分愁绪"，我要送你走，你看那路旁柔丝飘拂的杨柳依依，"柳"谐音"留"，可是千丝万缕的杨柳也留不住你，而且那千丝万缕的长条也抵不住我内心离别的愁绪。"如何诉？便教缘尽今生，此身已轻许"，这几句有人说是后人添的。"捉月盟言，不是梦中语"，当年你跟我结婚的时候，说过天长地久不相背负的，那不是梦中的语言，可是现在你毕竟已经结婚，你有家室，你要走了。"后回君若重来"，如果你再有一次回到这里来，"不相忘处"，如果你没有忘记我，还怀念我们当年的一段感情，"把杯酒、浇奴坟土"，你就拿一杯酒浇在我的坟土上。这个女子后来就投水死了。所以，那时候的女子没有资格、没有胆量写爱情的歌词，早期的那些女子都是在极大的不幸中用血泪写自己的歌词，是真的悲哀痛苦，无可奈何的时候，偶然留下了一些歌词。

李清照与徐灿

时代当然是不断地在演进，下面再来看李清照。在时代的演进中，李清照是个很幸运的人，她的父亲李格非有很好的才学，所以她小时候受到很好的家庭教育。她的丈夫赵明诚也有很好的才学，两人在一起看金石画册，写了《金石录》。"赌书消得泼茶香"（《浣溪沙》），这是清代纳兰性德对他们的羡慕和赞美。中国古代如果一个女子能够成名，如果能有作品留下来，最重要的就是她的家庭教育。像我们说能够续成《后汉书》的班昭，还有能够替她父亲蔡邕整理书籍的蔡文姬，是她们的家庭有这样好的教育让她们完成了自己。她先要受过很好的教育，她才能够有能力来写作。你看看蔡文姬留下的作品《悲愤诗》跟戴复古妻一样是用她的血泪写成的，是用她平生不幸的生活写成的。她丈夫死去了，后来到了匈奴结了婚有了儿子，又跟儿子分别回到自己的故乡，回到故乡后曹操给她配的一个人叫作董祀，董祀犯了法，她还要替她丈夫求情。

你看看历史上竟没有蔡文姬的传，写的是董祀妻，是她那个犯法的丈夫的妻子，没有她自己的名字。这就是女子当年的地位，所以她们这些诗篇真是用她们的生命、她们的生活、她们的血泪留下来的。李清照是比较幸运而且是比较有勇气的，是个勇敢的人，所以李清照大胆写了很多首好词。可是在当时，社会上女子的地位，使得女性词的演进与男性词的演进互相影响。在李清照那个时代，宋人的笔记记载有李清照的《词论》，她说词"别是一家"，像苏轼、晏殊、欧阳修这些人作词"如酌蠡水于大海，然皆句读不葺之诗尔"。李清照有一个观念：词一定是婉约的，声调一定是和谐的，只能写闺房之中的事情。李清照也经历了一段国破家亡的悲哀和痛苦，北宋沦亡，她的丈夫赵明诚也死去了，所以她在诗里边说"生当作人杰，死亦为鬼雄。至今思项羽，不肯过江东"（《夏日绝句》），"木兰横戈好女子，老矣不复志千里，但愿相将渡淮水"（《打马图赋》），写出这样激昂慷慨的词句。你看她写的《金石录后序》完全看不到一点妇女之气，完全是男子之气，非常典雅的。所以女子受了男性的教育，就可以用这种男性的笔墨写出男性化的作品来，可以写出激昂慷慨的家国的悲慨来。李清照有能力在诗里边写得这样激昂慷慨，然而她在观念上认为词里不能够写这样的句子。像苏东坡"大江东去"之类的是"句读不葺之诗尔",那不是词。

同样是写破国亡家,写家国的败亡,我还想举另外一个女子,就是清朝初年的女作家徐灿,我们可以把她们做一个比较。李清照写得很妙,国破家亡的感慨不是明明白白地说出来。先来看她的一首长调《永遇乐》。

> 落日熔金,暮云合璧,人在何处?染柳烟浓,吹梅笛怨,春意知几许?元宵佳节,融和天气,次第岂无风雨?来相召,香车宝马,谢他酒朋诗侣。　　中州盛日,闺门多暇,记得偏重三五。铺翠冠儿,捻金雪柳,簇带争济楚。如今憔悴,云鬟霜鬓,怕见夜间出去。不如向,帘儿底下,听人笑语。

上片写她南渡以后那种寂寞的生活,下片写她回想到从前。真是国破家亡,人事全非,她写得非常委婉,她不是正式地写国家的悲慨。另外还有她的《南歌子》,我觉得写得更妙,我认为《南歌子》是李清照很有特色的一首词,也就是含蓄地写国破家亡。

天上星河转，人间帘幕垂。凉生枕簟泪痕滋。起解罗衣，聊问夜何其？　翠贴莲蓬小，金销藕叶稀。旧时天气旧时衣。只有情怀，不似旧家时！

这头两句写得非常好，本来是国破家亡沧桑变故的悲慨，她没有说，她写的是一个庭院。天上的星河转，我们说地球有自转，有公转，所以天上的星星跟银河在不同的季节、不同的时间它的方向是不同的。"天上星河转"，季节改变了，"人间帘幕垂"，秋天又来了。"银河掉角，要穿棉袄"这是我老家北京的一句俗话，表示星象与季节气候的关系，冬天厚厚的帘子就垂下来。"凉生枕簟泪痕滋"，觉得在你的枕席之间一片凉意升起了，就不知不觉地流下泪来，多少国破家亡的感慨，她不正面写。"翠贴莲蓬小"，莲蓬荷花都零落了，莲蓬是小小的莲蓬，什么叫"翠贴莲蓬小，金销藕叶稀"呢？她后面的第三句"旧时天气旧时衣"，给我们一个提示，所以前面的两句既是写天气，也是写衣服，翠贴的莲蓬小，是秋天了，"菡萏香销翠叶残"，荷花荷叶都零落了，莲蓬露出在水面上。至于"金销"一句，这个"金"呢，可以说是金风，是秋季，秋季是金，是肃杀之气，金风使得荷叶也残破了，贴在水面上的荷花，零落后的小小的莲蓬，金风萧瑟，荷叶残破。上两句是写外界的景物，但同时也是写她的衣服，衣服上有贴绣。这个"贴"字有两种可能：一个是熨平了，熨帖；一个是贴绣，绣在衣服上的图案。我衣服上绣有荷花荷叶莲蓬，翠贴也磨损了，金线也脱落了，我衣服上的贴绣是零落磨损了，"旧时天气旧时衣"，又到了旧时的秋天的天气，我还穿着我旧日的衣服。"只有情怀，不似旧家时"，可是我的感受我的情怀跟当年再也不一样了。她当年跟赵明诚在一起，赵明诚从太学回来，买来古玩书籍，买来小点心果物，在一起欢笑的日子再也不会回来了，永远回不到从前去了。她是写国破家亡，她是写沧桑的悲慨，但是她不用慷慨激昂的调子来写她的悲慨，她用非常女性的语言来写她的悲慨。当然李清照毕竟是一位学问很好的女作家，你看她写的那些个诗文就有一种激昂的志气，她还有一首小词《渔家傲》也表现了这种志意：

天接云涛连晓雾，星河欲转千帆舞。仿佛梦魂归帝所，闻天语，殷勤问我归何处。　我报路长嗟日暮，学诗漫有惊人句。九万里风鹏正举。风休住，蓬舟吹取三山去。

开篇她可能是写实，也可能是想象。也许有一天的早晨，看到天上都是云海，天上的云像一层一层的波浪，"星河欲转"，天上的银河好像在转动，云彩从银河上漂浮过去好像多少船帆，看着天上的浮云在银河上飞动，那么高远，那么渺茫，好像我的灵魂、我的精神也随它飞到天上去了。"仿佛梦魂归帝所"，好像我的梦魂走向帝所，"帝"是天帝，是天上的主宰。"闻天语"，而且我好像听到天帝在跟我说话，说的什么话？是"殷勤问我归何处"，你李清照何尝没有才华呢，你的一生一世完成了什么？你最后的归宿又是什么？天上的天帝如此之殷勤，如此之多情，"问我归何处"，我们每个人都应该问自己你将来归向何方。"我报路长嗟日暮"，我就回答了天上的天帝，我这一生走过来是不容易的，我走过了遥远的路，经过国破家亡，走过几十年人生的艰苦路途，而现在我是衰老迟暮了，我李清照完成了什么？她说"学诗漫有惊人句"，我是学过诗的，我也觉得我写过一些个不错的诗句，"漫"是徒然，你真的完成了什么？你留下这些诗句果然就是你的意义和价值吗？所以她说"我报路长嗟日暮，学诗漫有惊人句"。"九万里风鹏正举"，这是《庄子》中的故事，说北海的鱼变成一只鹏鸟，鹏鸟就带起九万里的天风飞向南溟去了，如果有九万里的风飞起，我就像那个鹏鸟一样地飞起来。"风休住"，我希望那九万里的风不要停下来，如果中途风停下来，我就会跌下去，"风休住，蓬舟吹取三山去"，希望能够有一只小船把我吹到海上的三山那里去。这是她迟暮老年时回想她一生所产生的飞扬的想象和感慨，这是李清照。

李清照毕竟是没有把她国破家亡的感慨直接地写下来，后来到了明清之际有另外一个女作者就是徐灿。这些女作家身世有相似之处，徐灿的父亲徐子懋也是仕宦的家庭，她从小受了很好的家庭教育，嫁的丈夫陈之遴也是非常有才华的人。徐灿跟她的丈夫结婚以后不久，她丈夫也高中了进士，在明朝的崇祯年代做了很高的官。可是不久她的公公陈祖苞就因为犯罪死在监狱里边了，而且是自杀的。崇祯皇帝大怒，犯了罪的臣子要等到皇帝下令处死，皇帝没有处死，自己先自杀了，这是违抗圣旨的，因此就处罚他的儿子永不录用。徐灿就随丈夫离开了朝廷，离开朝廷不久，明朝也就灭亡了。到了清朝的时候，她丈夫又做了清朝的官，经历了这种种波折还不说，她丈夫在清朝也获罪了，后来就把他们流放到东北的尚阳堡，是很远的地方。

刚才我们看李清照写的《永遇乐》，现在我们来看一首徐灿的《永遇乐》。

> 无恙桃花，依然燕子，春景多别。前度刘郎，重来江令，往事何堪说。逝水残阳，龙归剑杳，多少英雄泪血。千古恨、河山如许，豪华一瞬抛撒。　　白玉楼前，黄金台畔，夜夜只留明月。休笑垂杨，而今金尽，秾李还销歇。世事流云，人生飞絮，都付断猿悲咽。西山在、愁容惨黛，如共人凄切。

她完全以元宵佳节来反衬现在的寂寞凄凉。"无恙桃花"，桃花每年都开，桃花依然是桃花，燕子也依然是燕子，可是当明朝败亡之后，她觉得一切景色都改变了，春天的景色不同了。"前度刘郎，重来江令"，他们又回到北京，她的丈夫又做了高官，"往事何堪说"，往事不堪重提了。"逝水残阳，龙归剑杳"，明朝灭亡了，"流水落花春去也"，如同日落西斜永远不会再回来，皇帝也死了，一切人事全非，"多少英雄泪血"，当明亡的时候，江南也有很多人起兵抵抗，后来也都被消灭了。"白玉楼前，黄金台畔，夜夜只留明月。休笑垂杨，而今金尽，秾李还销歇。世事流云，人生飞絮，都付断猿悲咽。西山在，愁容惨黛，如共人凄切。"徐灿的时代是把国破家亡的悲慨直接地写出来，把她像男子一样的悲慨写出来，是李清照写的"木兰横戈好女子"，"至今思项羽，不肯过江东"，是李清照在词里边不写的，她认为不能写到词里边去。而徐灿写了，徐灿之所以这样写，这不只是徐灿个人性格的不同，而是因为时代，因为词的演进不同了。你要知道，词在李清照以前，"花间"跟北宋初年的小令都是写相思的，都是写美女的，都是写伤春怨别的，所以她以为这样悲慨家国的东西不能写到词里边去。可是当北宋败亡南宋开始之前，苏东坡已经出现，他用诗的笔法来写词。像朱敦儒亡国以前写的"我是清都山水郎，天教懒慢带疏狂"（《鹧鸪天》），国破家亡以后他所写的"中原乱，簪缨散，几时收？试倩悲风吹泪，过扬州"（《相见欢》）。所以经过败亡以后，时代不同了，那些破国亡家的悲慨就写到词里边来了。不仅是北宋到南宋的败亡，而且明朝到清朝的败亡，有多少人像陈子龙之类的写下了破国亡家的悲慨的词篇。所以妇女的词是随着男子的词的演进而演进的，她们知道词里边可以写这些东西了，所以徐灿在词中就写到这些家国的悲慨。

秋瑾与吕碧城

再后来,妇女就慢慢觉醒了,到了清朝末年,大家都革命,男子革命,女子也革命。前面我们专门讲过吕碧城的词,在此便不赘述。这里来看一首秋瑾的词《满江红》。

> 小住京华,早又是,中秋佳节。为篱下,黄花开遍,秋容如拭。四面歌残终破楚,八年风味徒思浙。苦将侬,强派作蛾眉,殊未屑! 身不得,男儿列;心却比,男儿烈!算平生肝胆,因人常热,俗子胸襟谁识我?英雄末路当磨折。莽红尘,何处觅知音,青衫湿!

据吕碧城的记载,秋瑾有一天来拜访她,吕碧城门前的用人通报外面有一个梳头的爷们要见你,秋瑾穿着男装像是爷们,可是她还梳着女子的头,后来她们谈得很投机,秋瑾就留下来跟吕碧城同住。第二天早晨吕碧城蒙眬一睁眼,忽然间看到一个人穿着靴子,她大吃一惊,原来秋瑾还穿着男子的靴子。秋瑾这个时候就是女性的觉醒,她就把女性的觉醒都写到词里边去了。你把我派作蛾眉,我却不屑于、不愿意做一个女子。我是女子，不得与男子并排并列，可是我的内心比男儿还要激烈。这是女性的意识刚刚觉醒正要革命的时候，跟戴复古妻子的时代就完全不同了。

集大成者沈祖棻

现在，我就要讲到沈祖棻先生。我真的觉得沈先生在我们女性的作者里边是一个集大成者。钱仲联先生作有《近百年词坛点将录》，他说沈先生是"地彗星一丈青扈三娘"，他有几句评语说："三百年来林下作，秋波临去尚销魂。""三百年来"是指清朝以来，"林下"指的是妇女的作品，到最后结束"秋波临去"之时尚能令人销魂，写得如此之动人。

到沈先生的时代，我认为真的是不同了。我们看到早期的"歌词之词"，男子的歌词对于他的诗是一种背离。女性的词对于她的诗是继承。从《诗经》开始，《诗经》里的《谷风》《氓》都是写那些不幸的妇女的遭遇，当然也有幸福的妇女。总而言之，女子是写她真正的感情，女子是写自己的悲欢离合，自己真正的内心的情意。词跟诗是一个系统传下来的，只是观念不同。李清照的时候认为有些激昂慷慨的句子不能够写到那些婉约的小词里边去，可是经过从北宋到南宋，从"歌词之词"到"诗人之词"，有了苏辛之出现，再到徐灿的时候这个观念演进了，所以她可以把这些激昂慷慨之情都写进去。秋瑾的时候很强调女性革命的思想和意识。而到了沈先生的时候，女子跟男子无论是在教育方面，在工作方面，还是在研究方面几乎完全都平等了，她不需要再像秋瑾那样去争取妇女平等独立的地位了。而且，沈先生她不但是一个词人，同时也是一个学者，所以她不但是"词人之词"，而且是"学人之词"。

这些女子都经历了一些乱亡，李清照经过北宋南宋之际的乱亡，徐灿经过明清之际的乱亡，沈先生也经过了一个抗战的时期。可是沈先生的词不再是李清照那样的词，也不再是徐灿那样的词，她写出来的词是很值得我们注意的。沈先生曾经写过几首《浣溪沙》的小词，我们十首取二。其《涉江词》前序云：

> 司马长卿有言：赋家之心，苞括宇宙。然观所施设，放之则积微尘为大千，卷之则纳须弥于芥子，盖大言小言，亦各有攸当焉。余疴居怫郁，托意雕虫。每爱昔人游仙之诗，旨隐辞微，若显若晦。因效其体制，次近时闻见为令词十章，见

仁见智，固将以俟高赏。

沈先生的这一组词写得非常好。大家知道，古代的词不但是有"歌词之词""诗人之词"，到了南宋的末期有所谓"赋化之词"，用比兴喻托来写。南宋词的比兴喻托常常是用长调来写的，像《乐府补题》咏"白莲""莼""龙涎香"就是用长调来写。沈先生用小令来写比兴之词，写得非常典雅，写得非常深隐，是难得的好词。不但在女子之作中是难得的好词，就是在男子之作中也是难得的好词。

词的演进，不但是词的本身在演进，词的观念也在演进。本来是没有价值的没有意义的，本来只是"歌词之词"，可是清代常州派的张惠言就从这小词里边看到了比兴变风，看到了有这种深远的意味。

常州词派的继承者周济就比张惠言更进一步，他认为，不是只写个人的悲欢喜乐就是比兴寄托，所谓"比兴寄托"一定要"感慨所寄，不过盛衰"，一定要关系到国家的危亡盛衰，这才是有价值的有意义的作品。周济还提出来"诗有史，词亦有史"，像杜甫的诗篇都是反映天宝年间乱离的历史，诗是可以反映历史的，词也是可以反映历史的。经过了明清之易代，果然清词里不少作品都是反映当时历史的，所以有了所谓"史词",多是清初的作品;而到了晚清,鸦片战争以后,晚清词人所写的都是反映国家盛衰事变的小词。所以你看,这个小词就很妙,从给歌女写的歌词居然演化到反映国家盛衰兴亡记载历史的歌词了。沈先生看到了前朝词这么多的演化,她又经历了中日战争的事变,所以她真的是"诗有史,词亦有史",她真的是把历史写到小词里边去了,而且用这样深隐的比兴寄托,这样典雅的词句,写出这么美丽的词篇。如其第一首:

  兰絮三生证果因,冥冥东海乍扬尘。龙鸾交扇拥天人。　月里山河连夜缺,云中环佩几回闻。蓼香一掬伫千春。

写得非常美,真的是词,这样的幽隐深微。她写什么呢?写的是历史,写的是日本侵华的战争。"兰絮三生证果因",佛教里边讲因果的关系,种什么因得什么果,"欲知前生事,今生受者是;欲知来生事,今生做者是"。你种了好因就应该得好果,你如果种的是芬芳美丽的兰因,你就应该得兰果,如果你跟这个人有很美好的感情,你们就应该有幸福的生活。可是怎么会是絮果呢?飞絮飘萍,就像那柳絮,随风飘荡,不能够聚在一起。为什么种的是兰因得到的是絮果呢？种什么因没有得到什么果呢？"兰絮三生证果因"，中国跟日本的关系真是恩怨情仇，唐朝的时候日本派那些留学生到中国来学习，后来日本竟然发动了侵华战争。历史的演进，回头看一看真是"兰絮三生证果因"。"冥冥东海乍扬尘"，日本在东方，"尘"就是烟尘、战尘，战争又兴起了。"龙鸾交扇拥天人"，当年发生西安事变，蒋介石本来是不主张抗战的，西安事变后蒋介石同意和共产党联合抗战。"交扇"，古代皇帝上朝的时候要用交扇。杜甫的《秋兴》里写到"云移雉尾开宫扇"，皇帝上朝的时候先坐在这里等大臣，这显得没有礼貌，如果大臣都已经上朝站在那里，看着皇帝从台子上面走过去，这又不免把皇帝凡人化了，就不够神秘，所以就用很多"雉尾"，就是野鸡毛做的大大的扇子把它遮住，像屏障一样，皇帝从背后上来，等皇帝一坐下，扇子向下一撤，"云移雉尾开宫扇，日绕龙鳞识圣颜"。"龙鸾交扇"，国民党共产党两党拥一个天人，即那个时候让蒋介石来领导抗战。"月里山河连夜缺"，有这样一个传说，月亮里边有一些影子就是大地的山河的影子，她不说我们土地的步步失落，那个时候败退之快真是一个城一个城地丢。"云中环佩几回闻"，是说那些美好的消息，前线战争胜利的消息，我们什么时候才能听到呢?"蓼香一掬伫千春",这是说我们内心的悲苦像蓼花,蓼花是悲苦的,我们捧着蓼花等待,将来总有一天我们是会胜利的。我的老师顾随先生在沦陷区也写过一首小词《鹧鸪天》。

> 不是新来怯凭栏,小红楼外万重山。自添沉水烧心篆,一任罗衣透体寒。　凝泪眼,画眉弯,更翻旧谱待君看。黄河尚有澄清日,不信相逢尔许难。

他说"不是新来怯凭栏",我近来不是因为胆怯不敢靠近栏杆。"小红楼外万重山",因为我怕看到那小红楼外万重的山。"自添沉水烧心篆","沉水"是一种香,他说我自己要保存我的芳香,我的志节我的感情是不改变的。这都是抗战时期的作品,我的老师是在沦陷区写的,沈先生是在抗战区写的。沈先生真是"诗有史,词亦有史",而且写得这样的典雅,这样的深隐,是从清代的那个词史观念继承下来的。同时,沈先生也很会用新的词句。再看另外一首《浣溪沙》:

> 碧槛琼廊月影中,一杯香雪冻柠檬。新歌争播电流空。　风扇凉翻鬓浪绿,霓灯光闪酒波

红。当时真悔太匆匆。

抗战的时候有一句话在流传:"前方吃紧,后方紧吃",后方的生活如何呢?"碧槛琼廊月影中",在重庆的后方还是花天酒地、歌舞宴乐,还是贪赃枉法。"一杯香雪冻柠檬",冰激凌在那时候还是很摩登的事物。"新歌争播电流空",广播是用电的,你看沈先生用的新的意象、新的词句。"风扇凉翻鬈浪绿",如波浪一样卷的头发,在电吹风的吹动下飘扬。"霓灯光闪酒波红。当时真悔太匆匆",我刚才说沈先生那些非常典雅的传统的有比兴喻托的作品写得好,而她用新名词写新的情事也写得这样活泼,也写得这样有情致。同样,沈先生把很多很不容易写出来的东西也写得恰到好处。有一首词《宴清都》,其词序云:

> 庚辰四月,余以腹中生瘤,自雅州移成都割治,未痊而医院午夜忽告失慎。奔命濒危,仅乃获免。千帆方由旅馆驰赴火场,四觅不获,迨晓始知余尚在,相见持泣,经过似梦,不可无词。

这么复杂的这么特殊的情事,沈先生写得非常贴切。有的人说我们要写现在的生活,除非不写词,如果写词就要像一首词,有些人倒是写实,但真的不像词了。沈先生实在写得好!

> 未了伤心语。回廊转,绿云深隔朱户。罗裯比雪,并刀似水,素纱轻护。凭教剪断柔肠,剪不断相思一缕。甚更仗、寸寸情丝,殷勤为系魂住。　迷离梦回珠馆,谁扶病骨,愁认归路。烟横锦榭,霞飞画栋,劫灰红舞。长街月沈风急,翠袖薄、难禁夜露。喜晓窗,泪眼相看,搴帷乍遇。

这是医院,你看她把医院写得这么美,她说"罗裯"是雪白的,非常典雅,完全是词的语言;"并刀"是手术刀,她化用的是周邦彦"并刀似水,吴盐似雪"的语句;"素纱轻护",白色的丝纱这么朦胧,她虽缠着纱布,但意象很美。"凭教剪断柔肠,剪不断相思一缕",我的肠子虽然断了,可是我的感情还在。"甚更仗、寸寸情丝,殷勤为系魂住",因为我这么多情,所以这寸寸的情丝就把我留住了。"迷离梦回珠馆,谁扶病骨,愁认归路。烟横锦榭,霞飞画栋,劫灰红舞",她是写的着火,"烟横"是浓烟,"霞"是像晚霞一样的红色的火光。"长街月沉风急,翠袖薄,难禁夜露",半夜她从病房里逃出来。"喜晓窗,泪眼相看,搴帷乍遇"这句真写得好！第二天早晨，在窗前她跟程千帆先生夫妻两人"泪眼相看"，把帐幔一开忽然间看见了，"搴帷乍遇"，写得这么多情，这么宛转。沈先生确实是一位集大成的作者，她各种体式各种内容都写得非常好。

别调贺双卿

现在我还要讲到的是一个"别调"。我们说这些女性的词作，不管是李清照，不管是徐灿，还是沈祖棻先生，都是受过很好的教育的，是很高的知识分子。现在我要讲一个"别调"的女词人，一个乡下的农村女子，这个女子是个传说之中的女子，到现在我们对她的姓名仍不详知，是不是真有这个人都不知道。我倒是以为，这个双卿是有这么回事，但被清人史震林在《西青散记》里给真真假假、虚虚实实地一写，所以让人觉得里边有的地方是假的。不过，我认为有的地方是真的，因为她的有些个词句不是造假可以造出来的。你说可以模仿造假，苏东坡那么高的才学，他写的拟陶渊明诗那么多首，他有心去模仿陶渊明，却还是不像。以苏东坡之高才模仿陶渊明却到底不像陶渊明，所以说我认为，像双卿这样的词不是可以模仿出来的。

双卿是个农家的女子，嫁给一个农夫做妻子，"夫恶姑暴"，丈夫没有受过什么教育，非常粗鲁。这个女子虽然不是仕宦的家庭，不同于李清照、徐灿、秋瑾，当然更不同于沈先生，可是她怎么就会写词了呢？她舅舅是一个乡村教师，她舅舅每天教学生念书，她耳濡目染就听会了。双卿妙的就是她的感觉非常敏锐。沈祖棻先生的好处在于字字都有来历，杜甫的诗也是"无一字无来处"。但双卿这个女子，她勉强学会了写词，没有"读书破万卷"，未必字字有来历，却是自己独出心裁，用自己独造的语言，说自己的话。且看她的《凤凰台上忆吹箫·赠邻女韩西》。

寸寸微云，丝丝残照，有无明灭难消。正断魂魂断，闪闪摇摇。望望山山水水，人去去，隐隐迢迢。从今后，酸酸楚楚，只似今宵。　青遥，问天不应，看小小双卿，袅袅无聊。更见谁谁见，谁痛花娇？谁望欢欢喜喜，偷素粉，写写描描？谁还管，生生世世，夜夜朝朝。

她街坊有一个女子叫韩西，这个韩西其实不识字，也不填词，但是韩西欣赏双卿，也喜欢听双卿读词。后来邻女韩西许聘给人结婚走了，所以双卿在"姑恶夫暴"的环境当中就再也没有一个可以谈话的人了，于是她就写了这首词。读书破万卷有读书破万卷的好处，不读书破万卷、完全是自己独造的语言也有独造语言的好处。"寸寸微云"，天上那一寸一寸淡薄的微云；"丝丝残照"，一丝一丝落日的余晖；"有无明灭难消"，没有典故，没有出处，真是写得好！光影之间一下子有了，一下子没有了，一下子明亮了，一下子黯淡了。"正断魂魂断，闪闪摇摇"，我们说"黯然销魂者，惟别而已矣"（江淹），唯一的她可以谈话的、同情她的女伴出嫁走了，"断魂魂断"，我本来就是断魂，我这个断魂今天又魂断了，我的断魂如何？我的断魂飘荡在空中是"闪闪摇摇"。"望望山山水水，人去去，隐隐迢迢"，走得那么远，"隐隐"是看不见了，"迢迢"是那么遥远。"从今后，酸酸楚楚，只似今宵"，从今天你走了以后，酸酸楚楚的生活就像今天晚上一样，再也没有人跟我谈话了。"青遥，问天不应"，"青遥"两个字真是神来之笔，"青"是天之颜色，"遥"是天之距离，你走了看不见了，看到的天是"青遥"，一片那么高远的蓝色；"问天不应"，我要问天我为什么这么不幸？"青遥，问天不应，看小小双卿，袅袅无聊"，这么纤细的、这么瘦弱的双卿，"袅袅"是她的身材，她是如此之寂寞，百无聊赖。"更见谁谁见，谁痛花娇"，我更看见谁，又有谁看见我，谁在跟我一样怜惜这些个花草？"谁望欢欢喜喜，偷素粉，写写描描"，我还盼望有谁跟我在一起，我们常常没有纸笔，我们就把脸上擦的白粉用水调一调写在绿色的树叶上。"谁还管，生生世世，夜夜朝朝"，谁再关心我，生生世世，从黑夜到白天。

女性词人从最初的用自己的生命血泪写出的作品，到随着男性词作的演进，从婉约到豪放，到妇女的意识觉醒和解放，再到沈先生这位集大成者的出现，作品完全跟男子一样，是"学人之词""诗人之词""史家之词"，而且风格多样，是非常值得我们仔细品读的。

本文据2003年南京大学演讲整理而成

白静 整理

代后记

我心中的诗词家国

我讲古人的诗词可以随便"跑野马",可是自己讲自己的诗词我觉得是很为难的一件事情,而且我的诗词本来不是预备在大众之间讲的。我也很少写什么公开的、应酬的、称颂的、应时的作品。我认为,诗词应该是自己内心之中自然地流露。稍后讲的时候我会给大家讲一些我梦中的诗词,是梦里边梦见的句子。我常常和我学生说,我现在不是在写作诗词,我是等那诗句自己跑出来,然后我才写成诗。诗词是怎么样跑到我心中去的?我自己的心又是怎么样跑到诗词里去的?这个可以说我是八十年以后对自己的一个反省。我现在虚岁是八十八岁(2011年演讲时),我大概三岁左右就开始背诗了,我当时完全是浑然的、盲目的,什么也不能了解，什么也不能体会。但是我是怎样走到诗里去的，诗又是怎么样走到我心里来的呢？

我是1924年出生的，提起我出生的那个年代，就不仅要说诗词怎么样跑到我心里，我怎么样跑到诗词里，还要说到家国。我不是一个懂政治的人，可是没有办法，一个人生在世界上，你不能脱离周围环境，你一定会与你的家庭，会与你的国家有密切的关系，所以孟子说："颂其诗，读其书，不知其人，可乎？是以论其世也。"所以我要说一说我出生的时代，那正是我们的国家在民国成立以后政局还没有完全安定的时候，是各地军阀混战的一个时代。1920年，发生直皖战争，各地军阀彼此争战。1921年，发生粤桂战争、湘鄂战争。在我出生的1924年前后，发生了两次直奉战争。

在讲我自己的诗词故事之前，我先带大家看一首词，是晚清词人朱祖谋先生所写的一首词，牌调是《小重山》：

小重山·晚过黄渡

过客能言隔岁兵。连村遮戍垒，断人行。飞轮冲暝试春程。回风起，犹带战尘腥。日落野烟生。荒萤三四点，淡于星。叫群创雁不成声。无人管，收汝泪纵横。

朱祖谋先生这首词不止是有牌调，还有一个短的题目"晚过黄渡"。黄渡是上海的嘉定，在这个地方发生过直奉战争，很多人死了。唐朝的李华写过一篇《吊古战场文》，写他经过一个惨烈战场时的感受。我有一个朋友，他是曾经参加过战争的，是解放战争的时候从军。他说，有一天他到了一个地方，就有一种非常阴惨的感觉。但是他当时眼前并没有血腥的战争，战争已经过去了，像李华在写古战场时一样，可是他仍有一种这样的感觉。何况朱祖谋先生所经过的这个黄渡刚刚经过战争不久。他说"过客能言隔岁兵"，大家听我念起来声音有点奇怪。我们中国的诗词是有一个平仄声格律的，有很多古代的入声字应该是仄声，可是现在我们的普通话把它念成平声了，这样我们读起来就失去了一种音乐的美。而音乐性的声音节奏的美是诗歌美感生命的重要组成部分。你现在说普通话，用普通话写诗词，按普通话的平仄格律，我尊重你；可是你要读古人的诗词，他是按照古人的诗词声调的音乐性写下来的，我们要尊重他。

我们知道雁是一种软弱的动物，它不像狮子、老虎，雁随时可能受到侵袭，所以雁一定要结成一个群，它们飞到天上或者排成"一"字或者排成"人"字。所以，断雁、孤雁是最软弱的雁，现在朱祖谋先生说

"叫群创雁不成声"。我们中国有个成语,哀鸿遍野,意思是战争之后那流离失所的老百姓失去了家人亲友,就像失群的雁,像受伤的雁,都是在那里哭叫。"无人管",在那个军阀混战的时候,什么人能给老百姓真正地、彻底地救援?接着他说"收汝泪纵横",你不用哭泣,你哭泣是没有用的,收起你的眼泪吧。不过我现在的重点不是要讲朱祖谋先生的词,我只是借这个词说明我所生的那个时代是怎样一个军阀混战的时代,我一个八十八岁的老人是怎么样走过那一段历史的。

少年诗思

咏莲
1940 年夏

植本出蓬瀛,淤泥不染清。
如来原是幻,何以度苍生。

这是 1940 年的夏天,我(当时)应该是十六岁。我还要说一点,一个人,你所生的时代当然对你有非常重大的影响,但是每一个人你的天性是不同的,同一家父母生下的儿女,脸型、身体外表也许有相似的地方，但是他们真正的思想、感情、人格品质很可能有很大差别。李商隐有一首《锦瑟》，说"锦瑟无端五十弦，一弦一柱思华年"，我现在也是在追忆我的华年。

我小的时候，什么都不懂，但是家里大人就像现在父母一样让小孩子背诗。我一直清楚地记得我的长辈常常跟我说一个故事。他们说我三四岁时候学会了一首诗，是李白的《长干行》：

> 妾发初覆额，折花门前剧。
> 郎骑竹马来，绕床弄青梅。
> 同居长干里，两小无嫌猜。
> 十四为君妇，羞颜未尝开。
> 低头向暗壁，千唤不一回。
> 十五始展眉，愿同尘与灰。
> 常存抱柱信，岂上望夫台。
> 十六君远行，瞿塘滟滪堆。
> 五月不可触，猿声天上哀。
> 门前迟行迹，一一生绿苔。
> 苔深不能扫，落叶秋风早。
> 八月蝴蝶黄，双飞西园草。
> 感此伤妾心，坐愁红颜老。
> 早晚下三巴，预将书报家。

相迎不道远,直至长风沙。

我当时背到"八月蝴蝶黄,双飞西园草。感此伤妾心,坐愁红颜老"的时候,他们大人就笑我说,你才几岁啊,就"坐愁红颜老"了?我现在老了反而不"坐愁"了。我小时候诗背得很多也很熟,没有人教我平仄,但是他们教我的时候曾特别强调北京人是不会读入声字,但入声一定要读成仄声。我写这一首《咏莲》的时候,已经写了好几年的诗了,我从十二岁写起,写到十六岁。为什么"咏莲"呢?因为我和莲有不解之缘。我出生在夏天阴历六月,父母认为六月是荷花的月,所以我的小名是小荷子,我自己本能地对于荷花、莲花,以及古代诗人词人吟咏荷花、莲花的诗句词句特别感兴趣。后来我自己翻一些诗看,就翻到李商隐的一首诗《送臻师》。臻师是一个佛教僧人,当年我认为自己从字面上已经懂了,那时候不过十几岁的年纪。

苦海迷途去未因,东方过此几微尘。
何当百亿莲华上,一一莲华见佛身。

大家都知道甲午战争,那时对青年人影响非常大,年轻人都想怎么让我们的国家富强起来，不至于如此之积贫积弱，任凭列强宰割。所以我父亲就去北京大学学了外文，后来去了航空署。甲午之战我们的海军一败涂地，而空军更是什么都没有，要想国家强大起来，要有自己的军队。我父亲毕业以后在航空署翻译了很多介绍外国航空事业的书。我小的时候不懂英文，但是看到书上面画了很多天空星斗的图。后来航空署变成了航空公司，办公的地方在上海，我的老家在北平。卢沟桥事变以后，北平陷落，天津、上海、南京相继陷落，我父亲就随着国民政府一直迁到后方，我们的北平就被日本人占领。当时我在初中二年级，暑假过后开学，老师说你们明天要把毛笔、砚台或墨盒都带来，第一天不讲课也不上课。因为七七事变，日本人进来了，学校来不及印新的课本，但是旧的课本记着甲午战争，记着日本人的侵略，这是不可以的。所以第一天不是讲课，每个同学要把课本掀开，把某页到某页撕掉，把某页涂掉。你生在这个家国之中，你自然要受它的影响。我父亲到后方去了，我们在沦陷区。日本人逼我们"庆祝"南京陷落，"庆祝"武汉陷落。所以那个时候我就知道战争带给人们的那种离别痛苦，所以我看到"苦海迷途去未因"，人生就像一个苦海，有生离死别。为什么有这么多的罪恶，为什么有这么多的战争，为什么有这么多的痛苦？我们人生在苦海之中，我们都迷失了，我们不知道自己从哪里来，也不知道要到哪里去，不知道我们现在所要追求的到底是什么。佛教说有过去、未来，所以"去"是过去，"未"是未来，我们都把去来的因果迷失了。"东方过此几微尘"，佛教东传，那么这种佛法东传又经过了多少年多少变化？佛教认为一粒微尘就是一个世界。李商隐所经过的时代有宪宗、穆宗、敬宗、文宗、武宗、宣宗，他自己一生不过四十多岁就死了。他经过了六个皇帝，在短短四十余年中，唐朝的朝廷里边有政党的党争，外边又有军阀彼此的战争对于朝廷的威胁。"何当百亿莲华上，一一莲华见佛身"，佛经上有一个故事，说佛每一个毛孔在说法时都会开出一朵莲花来，每一朵莲花上都坐着一个小的佛，佛是一种宗教上的救赎。世界上祥和太平的时代什么时候才会出现呢？

我的小名叫荷，就写了这首《咏莲》。"植本出蓬瀛，淤泥不染清"，荷花是从水里长出来的，传说海外有三座神山，蓬莱、方丈、瀛洲，这个从水里长出来的莲花是从那蓬莱、瀛洲的海上的仙山长出来的。荷花的一个本质是出淤泥而不染，而且莲花还有一个特色，所有的东西不粘在上面，露水珠风一吹它就滚动下去。我们家里当时也没有信仰，说你只要信孔子就好了，所以我从小开蒙读的是《论语》。"如来原是幻，何以度苍生"，我们等待一个救赎，那个救赎什么时候才来呢？这是我小的时候，没有什么伟大的理想，很自然地读了李商隐的诗，就写了这么一首小诗。

哭母辞世

当我考上大学那一年，我母亲就去世了。我父亲远在后方，我们在沦陷区，多年没有音信。我是最大的姐姐，当时只有十七岁，我的小弟弟比我小九岁，他还在上小学，我每天给他穿衣服、送他上学校，我要负起家庭的责任来，就写了《哭母诗》八首。我现在选录了第一首：

哭母诗
1941年秋

瞻依犹是旧容颜，唤母千回总不还。
凄绝临棺无一语，漫将修短破天悭。

我母亲的子宫里面长了一个瘤，我们那时候也没有什么概念，不知道是不是癌症。但是那时候沦陷区的北平医学比较落后，找不到医院开刀。当时有人说天津有很多租界，西方人他们可能开刀技术比较好，所以我的舅父就陪我的母亲到天津开刀。我本来要跟我母亲去，我母亲说你不要耽误功课，不许我去。开刀以后，说染了败血症，所以手术完了就非常不好，本来应该留在天津治疗，可是我母亲不放心我们，一定要回北平来。结果我母亲是在火车上去世的。

我见到母亲时她已经去世了，后来我替母亲换的衣服。人死了都要棺殓，最痛苦的事情是听到棺材盖上敲钉子钉死的声音，那就代表天人永隔了，所以我说"瞻依犹是旧容颜，唤母千回总不还"。"凄绝临棺无一语"，我母亲在火车上去世，去天津的时候也没有想到从此就一别千古，所以没有留一句话给我们。"漫将修短破天悭"，我母亲去世时只有四十四岁，老天爷为什么给我母亲这么短的寿命？"天悭"就是老天爷这么吝啬，竟然让我母亲这么早就去世了。当时我写了八首诗，这是其中一首。我不但认识了战争，我还认识了离别，认识了死生，认识了人生是有如此多的苦难。

母亡后接父书
1941年

> 昨夜接父书，开笺长跪读。
> 上仍书母名，康乐遥相祝。
> 惟言近日里，魂梦归家促。
> 入门见妻子，欢言乐不足。
> 期之数年后，共享团圞福。
> 何知梦未冷，人朽桐棺木。
> 母今长已矣，父又隔巴蜀。
> 对书长叹息，泪陨珠千斛。

之前我父亲很久都没有来信，母亲去世后，我才收到了一封信。可是母亲已经不在了，所以我就写了《母亡后接父书》这首诗。我父亲说希望我们不久就能团聚，抗战能够结束，能够胜利，我们一家就团圆了。"何知梦未冷，人朽桐棺木。母今长已矣，父又隔巴蜀。对书长叹息，泪陨珠千斛"，这是我所经过的时代。

战乱家国

我是在战乱、苦难之中生离死别都经历过的。到了1943年，我十九岁的时候，我还在上大学，我就写了一首诗，叫《生涯》。

生涯
1943年

日月等双箭，生涯未可知。
甘为夸父死，敢笑鲁阳痴。
眼底空花梦，天边残照词。
前溪有流水，说与定相思。

"日月等双箭，生涯未可知"，太阳升上来落下去，月亮升上来落下去，好像两支箭一样快，射出去就不会回来了。"生涯未可知"，我一个十几岁的女孩子，完全不知道未来会怎样。在战乱之中，在抗战沦陷之中，我不知道我的祖国哪一天回来，不知道我的父亲哪一天回来，不知道我以后的生活是什么样子。虽然经历过苦难，但是我毕竟活下来了。当时写这诗的时候是十几岁，糊里糊涂莫名其妙就写了下面的句子："甘为夸父死，敢笑鲁阳痴。"夸父是说夸父追太阳，你想一个人怎么能追上太阳呢，所以最后夸父是渴死了，死在追太阳的路上。我说我就甘心，如果有一个光明的，我看到那是太阳，我就要追它，我甘心为我所追求的那一点光明而牺牲。鲁阳是古代一个人，据说鲁阳打仗的时候天黑了，因为天黑了不能打仗，他就举起他的武器说："太阳，站住！"据说西方《圣经》上也有一段记载，说太阳在古代某一个时刻曾经停留过一刻，这是个传说。能够给我多一点时间吗？能够让我多做一点事情吗？能够让我多一点追求吗？虽然我有这样的追求，可是"眼底空花梦，天边残照词"。空花梦，梦里梦到花是空花，是虚空的，其实人生的一切繁华都是虚幻的，都是要消灭的。《圣经》上说，"草必枯干，花必凋残"，世界上的一切荣华尽都如此。你看那落日的余晖，引起你多少留恋？像这样的感情，一方面我既要"甘为夸父死"，一方面我又知道"眼底空花梦"。其实你有这样的感情，或者对人生有这样的认识，真是"前溪有流水，说与定相思"。我这样的感情说给什么人知道呢？我说前面有一条溪水，溪水是潺漫不已、如泣如诉，一直向前奔流的。我这种感受难以向人言说，我当时也没有向人言说过，如果我对流水说了我这一份感受，流水也会被我感动的。我以为人是很奇怪的，可能我是有某一种坚韧的性格，才能支持我在很多生离死别、悲苦患难之中健康地活到现在。

冬日杂诗
1944 年

尽夜狂风撼大城，悲笳哀角不堪听。
晴明半日寒仍劲，灯火深宵夜有情。
入世已拼愁似海，逃禅不借隐为名。
伐茅盖顶他年事，生计如斯总未更。

《冬日杂诗》是 1944 年写的，那年我整整二十岁。《冬日杂诗》是六首七言律诗，我们只说其中一首。那时是抗战最艰苦的阶段，我们整年几个月吃不到白米白面，甚至玉米面都吃不到，就只能吃混合面。就是老舍在《四世同堂》里写的，齐老先生的孙女不肯吃的那种又酸又臭的面，后来她饿死了。那种面又酸又臭，不要说不能包饺子，烙饼都不成的，不能和在一起，只能放在水里煮，然后弄点咸的炸酱把气味盖住勉强吞吃下去。

北平的冬天十分冷，我小时常听到北风呼啸呜呜得很响，所以第一句写到"尽夜狂风撼大城"，一整夜的北风叫的声音，那古老的北平城仿佛都被撼动了。"悲笳哀角不堪听"，那是沦陷最艰苦的阶段，真是哀鸿遍野。"晴明半日寒仍劲"，是寒冷的，是在战乱之中偶然透出一点阳光，还是那么冷。"灯火深宵夜有情"，就是在这样寒冷的季节，在这样的"狂风撼大城"的时候，你房间里面还有一炉炉火，桌上还有一盏灯，我们那个时候还只有煤油灯，但你还是对人世有那么多关怀啊！"入世已拼愁似海，逃禅不借隐为名"，我现在八十多岁回头来看，我自小性格中可能是有一种坚韧的东西，所以历经那么多风霜苦难还活下来了。入世，不说那些为非作歹的，不说那些贪官跟奸商，就是一般的人生活在世界上，如果你想做一些事情，如果你真是想做一番对国家、对社会、对人类有意义的事情，只要做事，就不能不落埋怨，不落褒贬。只要你做了，就会有人说三道四，除非你不做。你做就要负起担当吃苦的责任。可是，你入世并不是为了追求现世的成功和名利，所以下句又说"逃禅不借隐为名"。不是说我要躲到深山老林之中做一个高隐之士才能清白，你要做一番入世的事，但心理上却要保有出世的超越，所以说"不借隐为名"。"伐茅盖顶他年事"，人总要有个房子吧，没有好的房子，就砍茅草来盖个草房，杜甫就有《茅屋为秋风所破歌》。我一辈子，除了我北京的老家那是我的房子，几乎没有过自己的房子。我在台湾住的是宿舍，后来从台湾到北美，在温哥华，当年我们买的家具都是二手货，没有钱。温哥华不是我选择的地方，那是人事的拨弄，我也没有想到我会在那里留下那么久。人生在世,是飘如陌上尘,"生计如斯总未更"。当时我写的时候只有二十岁,现在回想起来,我都不明白当时为什么会写这样的诗。

下面是我当年写的一套散曲的摘录:

越调斗鹌鹑

1948年旅居南京亲友时有书来问以近况谱此寄之。(节录)

……

[圣药王]争败赢,论废兴。可叹那六朝风物尽飘零。更谁把玉树新词唱后庭。胭脂冷旧井。剩年年钟山云黯旧英灵,更夜夜月明潮打石头城。

[麻郎儿]说什么秦淮酒醒,画舫箫声。但只见尘污不整,破败凋零。

[幺篇]近新来更有人把银圆业营,遍街头一片价音响丁丁。寻不见白石陂陶公故垒,空余下朱雀桥花草虚名。

……

[绵搭絮]俺也曾游访过禅林灵谷,拜谒了总理园陵。斜阳有恨,山色无情。白云霭霭,烟树冥冥。大古来人世凄凉少四星,山寺钟鸣蔓草

青。更休赋饮恨吞声。向哪里护风云寻旧灵。

[幺篇]乌衣巷曲折狭隘，夫子庙杂乱喧腾。故家何处，燕子飘零。霎时荣辱，旦夕阴晴。当日个六代繁华震耳名，都成了梦幻南柯转眼醒。现而今腐草无萤，休讥笑陈后主后庭花，可知道下场头须自省。

……

1945年胜利的那一年我大学毕业，1948年我结婚。我先生当时在国民党的一个士兵学校教书，工作地在南京，我也就到了南京。我在诗词上见到的南京是六代繁华，六朝金粉，在我的想象中是非常美丽的一个地方。可是我到那里是1948年，是国民政府撤退的前夕。那时物价飞涨，我临时找到一份在私立中学教书的工作，并与我的先生租房住。当时的人们不问房租是多少钱，而说是几袋米几袋面。工资发来以后就立即换成实物，因为早晚的物价都不一样。我就写了这一套散曲，共十二支曲。曲子也有牌调。开头讲陈后主亡国了，他生前每天耽于歌舞酒色之中，作了《玉树后庭花》的曲子。六朝以后就是隋了，杨广把陈打败了，小说家言据说隋炀帝作为新朝的君主，有一天他做梦，梦到了亡国的君主和他说，你知道我们唱的《后庭花》的曲子吧，你现在也是如此的。你虽然是一个新的朝代，你如果不励精图治，你如果贪图享乐，跟我是一样的下场。"胭脂冷旧井。剩年年钟山云黯旧英灵，更夜夜月明潮打石头城"，这是用古人的诗句。

当时物价飞涨，人们不敢存现钱都去买银圆。而银圆价值不等，有大头小头，还有真假，你要敲响声辨真假。"寻不见白石陂陶公故垒，空余下朱雀桥花草虚名"是唐人的诗。"陶公故垒"，那是指东晋的时候，当时有人叛乱，陶渊明的祖先陶侃带兵安定了朝廷。现在我是说国民政府的下场，有人像陶侃一样能使国家安定下来吗？没有。孙中山成立了国民政府，现在是国民政府的下场。

"乌衣巷曲折狭隘，夫子庙杂乱喧腾。故家何处，燕子飘零。霎时荣辱，旦夕阴晴。当日个六代繁华震耳名，都成了梦幻南柯转眼醒。现而今腐草无萤，休讥笑陈后主后庭花，可知道下场头须自省。"前两天有人到天津访问我，让我谈王国维。王国维是有理想的人，他不但谈文学、谈哲学，他做考古也有他的理想。他从甲骨文考证商周的古史，写了一篇篇幅不长的《殷周制度考》，殷是殷商，武王革命，商汤败亡。他说周朝之所以了不起，就是周朝新的国家成立，就制定了礼乐的制度。民国是推翻了清朝，但是如果没有及时建立一个好的制度就很麻烦。一个新国家，需要制定一个礼乐的制度，而民国没有建立一个好的制度，就落到这样的下场了。王国维他在考古的著作之中，都是有他的理想的。

飘零台湾

南京到了"下场头"撤退了，我就随我先生的工作单位调动到了台湾，那是1948年的冬天。1949年的夏天，我生下我的大女儿。1949年的冬天，我女儿还不到四个月大，我在彰化女中教书，我先生在左营的海军军区。圣诞节前夕，我先生从左营到彰化女中来看我，那是平安夜，他是12月24日到的，12月25日天还没有亮，就来了一批海军的军官和军人，要把我先生带走。当时我还没有弄清楚情况，因为从彰化到左营的海军军区要坐火车。我不放心，就赶紧收拾了一些婴儿尿布等东西，我女儿吃的是母乳，不用带奶粉，但是小孩子还是有很多东西要带，我收拾一下就随先生一起坐火车到了左营的海军军区。到了左营之后，我先生被押走了，我就留在我先生亲戚家，想打听一下我先生是什么样的罪名，什么样的结果。但是没有消息，等了几天一点消息都没有。我还要生活啊，不工作就没有宿舍，不工作就没有薪水，就没有饭吃。所以我就抱着怀中的女儿又回到了彰化，回到彰化之后，就有人问我先生怎么样，我就说我先生没有事情，他工作忙留在左营了。我不敢说他因为有思想问题被关起来了，我就照常地在彰化女中教书，这是1949年的冬天。

1950年6月，彰化女中刚刚考完试，我们才看完了卷子，又来了一批警察。当时我和彰化女中的女校长及另外一个女老师，我们三个住一个宿舍，这次来就把我们三个人都抓走了，抓到彰化警察局。到了警察局我才发现，被抓走的不只我们三个人，还有另外六个老师，这就是台湾所谓的"白色恐怖"。警察局让我们写自白书，我们就写了，写完要把我们带到台北的警备司令部。我就跟警察局长说，我从大陆远到台湾，我先生已经被关起来了，我没有一个亲友，我在彰化女中教过一年书，总是还有几个认识的人，你把我们母女带到台北，一个相识的人都没有，万一有什么事情，我连托付我女儿的人都没有。这个警察局长还不错，因为我坦白交代，我也不懂政治，他大发恻隐之心，就把我和我女儿放出来了。那几个老师统统被带到台北警备司令部，有的还被关了好几年。

我和我的女儿被放出来后，既没有宿舍，也没有工作，无以为家。怎么办呢？我就跑到左营，我先生亲戚那儿，一方面我临时地托身，一方面我也要打听我先生到底怎么样。而他们家里也住得很紧张，现在说"蜗居"，你们不知道我们当年住的是什么。他们家里只有两间房子，先生的姐姐和姐夫住一个屋，她的婆婆带了孙儿孙女两个住一个屋。我带着吃奶的女儿到了那里，不但没有房间也没有床铺，他们都睡下以后，我就在走廊上铺个毯子和我女儿睡觉。那是夏天，他们每天都睡午觉，小孩子免不了哭闹，他们嫌小孩子太吵了，我就把小孩子抱出去，在南台湾灼人的烈日之下，找一棵树，在树底下抱着孩子转来转去。有时候我也抱着她走过左营的荒漠，因为我们是住宅区，走到海军的军区，要走过一大片荒凉地区，去打听我先生的消息，但打听不到一点点消息。后来我就写了这首诗，题目是《转蓬》。

转蓬
1950 年

1948 年，随外子工作调动渡海迁台。1949 年冬，长女生甫三月，外子即以思想问题被捕入狱。次年夏，余所任教之彰化女中，自校长以下教员六人，又皆因思想问题被拘询，余亦在其中。遂携哺乳中未满周岁之女同被拘留。其后余虽幸获释出，而友人咸劝余应辞去彰化女中之教职，以防更有他变。时外子既仍在狱中，余已无家可归。天地茫茫，竟不知谋生何往，因赋此诗。

转蓬辞故土，离乱断乡根。
已叹身无托，翻惊祸有门。
覆盆天莫问，落井世谁援。
剩抚怀中女，深宵忍泪吞。

那真是无家可归，连一个瓦片的遮蔽都没有。我在台湾出版的诗集中没有这首诗，因为在台湾我不敢登出这首诗，这是我后来发表在大陆出版的我的诗词稿里的。我像一根在空中飘转的蓬草，那个时候台湾和大陆没有音信的来往。"转蓬辞故土，离乱断乡根。已叹身无托，翻惊祸有门。"这个灾祸就找上门来，我先生被关，我带着吃奶的孩子被关，我连个瓦片的遮蔽都没有。三年多以后我先生回来了，证明我们没有什么思想问题，所以就有人请我去台北一个中学教书。到了台北之后，很多是我当年在辅仁大学读书时的老师，他们都说原来叶嘉莹读书读得很好，没想到命运这么坎坷，就把我叫去台湾大学教书。

当我还没脱离苦海，还没到台北教书之前，不敢在公立学校教书，就找了一个私立中学，带着我的女儿生活。我先生一直没有音信还不说，我一个年轻妇女，带着一个吃奶的女儿，两三年丈夫不出现，旁边人都拿什么眼光看你啊。他们说你先生怎么老也不见啊，我只能说我先生工作太忙，我不能说他因思想问题被关了，我就写了这首小词：

浣溪沙
1951年台南作

一树猩红艳艳姿。凤凰花发最高枝。惊心节序逝如斯。　中岁心情忧患后，南台风物夏初时。昨宵明月动乡思。

台南有一种凤凰木，非常高大，树叶繁密，都是羽状的小叶子，到了夏天就开出艳红艳红的花，是非常美丽的一道景色。一般说来是矮的花草会有鲜艳的颜色，高大的树木很少有鲜艳的颜色，但是凤凰木的花真是猩红的颜色。我词中说"中岁心情忧患后，南台风物夏初时"，我说是中岁的心情，其实我（当时）连三十岁都不到，不过二十几岁而已，可是我经过这么多患难,已经是"中岁心情"了。"昨宵明月动乡思"我什么时候才能回到我的故乡,我什么时候才能见到我故乡的家人呢?

后来我先生回来了,我就被台大邀请去教书了。台大有我几位老师,一位是戴君仁先生,他也曾是辅仁大学教师,教过我大一国文。还有一位许诗英老师,不过没有正式教过我,是我家的邻居,住在我家外院。他们两位老师就邀我到台大去教书。当时我还教了两班中学,要改大楷小楷,有作文,有周记日记,那个中学我的办公室桌上,学生作业堆得像两座山。到台大任教以后,我就跟中学校长说要辞职,他说不成,学生高二,马上高三,这个联考成绩很重要,你一定要把他们教到高中毕业。所以我就同时教台大和一个中学,好不容易把这两班中学学生教到高中毕业了,我以为以后教课可以轻松了。但是后来我们辅仁大学复校了,一位老师做了辅仁大学的中文系主任,后来又成立了淡江大学,我的另一位老师在那里任中文系主任,他们都邀我到他们学校去教书。那两位老师对我都很好,所以我教了台湾大学、淡江大学、辅仁大学三个大学,教《诗选》《词选》《杜甫诗》《历代文选》。你们都不能想象我教了多少书,而且不只教白天,还有夜间部,所以我被训练出来,现在依然可以在这里站着讲两个小时。我那时候上午三个小时台大，下午三个小时淡江大学，还有夜课。因为我教了这么多书，那时候台湾有很多海外的汉学家，一看到处都是我讲诗词，三个大学这么多课，还有大学国文广播，后来又有电视台邀我去教古诗。所以美国的密歇根州立大学跟台大说把我交换过去，台大校长告诉我说，我已经答应要把你交换到美国去，现在你要开始学英文。他就把我安排到一个专门训练出国的人学英语的地方。我一个星期，周一到周五在三个大学教课，周六上午去学英文。

学了一年，第二年要出去了，美国方面要有人来面试。来了一位海陶玮（James Robert Hightower）教授，是美国哈佛大学东亚系的主任，和我面谈。因为他是研究中国古典文学的，和我谈古典文学他就很高兴。晚上，在一个文化交流中心，刘崇鋐主任就约了我们吃饭，吃完饭，海教授就说，如果我们哈佛大学要邀请你去，你愿意去吗？他也没说什么时候去，我就说好。没想到，他转身就跟刘先生说，我们想请她到哈佛去。那个刘先生就跟我说，让我去找台大的钱校长，说他是管交换的，请台大让另外一个老师去密歇根，我就去哈佛。那我就去找钱校长试试看。校长很生气，说我是去年跟你说的，我已经跟人家签约了，怎么可以临时改动，所以不同意。我就跟哈佛那边说，对不起，我去不了。海教授就说，密西根9月份才开学，台大6月结课，你就先到哈佛大学去，你先待两个月，明年你在密歇根就不要延期，然后就回到哈佛来。

北美教书

我从1948年到1966年，在台湾十几年。台湾是亚热带气候，秋天没有黄叶，当然更不会有红叶，像中国北方的海棠花、榆叶梅，台湾没有。我后来到了北美，在哈佛大学的远东系，在我办公室的窗外，就是一排美丽的枫树，那真是美丽，你看到树叶变红变黄，我就写了一首词。

鹧鸪天
1967年哈佛作

寒入新霜夜夜华。艳添秋树作春花。眼前节物如相识，梦里乡关路正赊。　　从去国，倍思家。归耕何地植桑麻。廿年我已飘零惯，如此生涯未有涯。

我当然是怀念我的故乡，我在台湾已经多少年不能与故乡亲友通音信了，好不容易来到北美，我看到这个红叶，我真是怀念我的故乡。可是我敢跟我故乡的亲友通信吗？大陆那个时候正是"文化大革命"，所以我没有办法通信。"从去国，倍思家。归耕何地植桑麻。廿年我已飘零惯，如此生涯未有涯。"我不知道哪一天才能回到自己的祖国，才能回到故乡。

到了1968年，我交换的两年期满，我就要走了。那个时候我本来不想出国，因为我的英文很差劲。我是日本占领中国时读的中学，大学读的是中文系，没有机会学英文，我的英文并不好，我本不想出去，但是我的先生逼我出去，说你一定要去，而且要把两个女儿给带出去。因为他在台湾被关了很久，他想要离开，可是他没有办法离开，他让我把两个女儿带出去，然后再把他接出去，所以我无可奈何，为了家，就把两个女儿带出去。一年后，又把我先生接出来。两年期满我得回台湾了，哈佛的海陶玮教授想留我，他是研究陶渊明诗的，我一方面教书，一方面跟他合作研究，把陶渊明的诗翻译成英文。我要走了他留我，说我们愿意留下你，你为什么要回台湾去，他说台湾当局关过你们，你为什么还要回去。我说台湾当局关过我们，这只是一件事情，但是三个大学、我的老师都对我很好，现在9月开学了，我教了三个大学的《诗选》《词选》《杜甫诗》《历代文选》，开学我不回去，给三个大学带来很多麻烦，我不能不守信用。另外我把女儿、先生都接出来，把八十岁的老父亲一个人留在台湾，我怎么能做这样的事情。我先生不愿回去，他带两个女儿留下来，而我一定得回去。所以，就作了《留别哈佛》三首律诗。这是第一首：

留别哈佛三首
1968年秋

其一

又到人间落叶时，飘飘行色我何之。
日归枉自悲乡远，命驾真当泣路歧。
早是神州非故土，更留弱女向天涯。
浮生可叹浮家客，却羡浮槎有定期。

我回去以后，哈佛大学海教授来信说，你现在回去安顿一下，然后跟三个大学说好，把老父亲接出来。第二年，哈佛给我一个聘书，我就去给我父亲办旅行证件，到了台湾的美国领事馆办签证。领事馆的人说，你把你女儿、丈夫都接出去，现在又要把你父亲接出去，你这不是移民吗？你不能用这个工作签证出去，然后就把我的签证取消了。然后我就跟哈佛说，我出不去了，他们说我要办移民，移民不知道要办多少年啊。哈佛大学真心地希望我去，海教授就让我登报声明说旧旅行证件遗失了，另外办个新的旅行证件，而且不要到台湾的美国领事馆，直接到加拿大领事馆，从加拿大过来就容易了。这就是我为什么到了温哥华的原因。有人说，你爱国为什么还跑到美国、跑到加拿大？我真是没有办法，我当年拿的是台湾的旅行证件。然后我就从最快的路到了温哥华，第二天我就到加拿大的美国领事馆去办签证，办签证时我一定得拿哈佛的聘书，如果我以旅游的身份去，不可以工作。然后领事馆一看我有聘书就问，你有哈佛的聘书，为什么还跑到加拿大来？为什么不直接从台湾去美国？最后还是没有给我签证。我只好告诉哈佛，我还是没拿到签证。海教授就跟我说，温哥华有个UBC大学（不列颠哥伦比亚大学），亚洲系主任是蒲立本(Pully Blank)，和海教授是好朋友。海教授就跟蒲立本说，有我这么个老师，问他们那边有什么机会吗？蒲立本教授就非常高兴，他那边的亚洲系刚成立了研究所，招了两个研究生，是美国UC Berkeley（加利福尼亚大学伯克利分校）研究中国古典诗歌的学生。这两个学生为了逃避越战的兵役，到加拿大读研究所，但是需要研究生导师。蒲教授说太好了，你不是教唐诗嘛，他们两个一个是研究孟浩然的，一个是研究韩退之的。不过他说如果我去那边做全职老师，不能只教两个研究生，要教大班的课，那是没有任何中文基础的学生，所以要用英文教书。我那时候是别无选择了，无以为生，台湾回不去了，当时从台湾出来时，我跟台湾说我们要到美国去的，把我父亲也接出来了。台湾已经是后无退路了，在台湾没有工作也没有宿舍了。我就硬着头皮接受了聘约，开始用英文教书。

那时候我每天晚上查生词到两点钟，这就是我现在为什么每天都是一两点钟睡觉，是当时锻炼出来的。我查着生词去教书，查着生词去看 paper（论文）去看试卷。这是没有办法的，你痛苦、叹息、争吵没有用，只有面对现实，我就是这么过来的。我在温哥华要拿英文教书，就写了一些诗，第一首是刚到不久写的《异国》。

异国
1969 年秋

异国霜红又满枝，飘零今更甚年时。
初心已负原难白，独木危倾强自支。

忍尤为家甘受辱，寄人非故剩堪悲。

行前一卜言真验，留向天涯哭水湄。

"异国霜红又满枝，飘零今更甚年时。"我在美国看过红叶，加拿大红叶就更多了。我那时在美国交流，还能回到台湾，还有宿舍有工作，可是我现在到哪里去呢？"初心已负原难白"，我原来的打算是把我女儿带出去，也把我先生接出去，安排我先生在美国的一个州立大学教中文，我每年暑假假期去美国。可是现在我先生没有工作，我也没有办法回台湾去了，我要在这里教书来养活一家人。所以我说"独木危倾强自支"。我当年人地生疏，不知道应该托身何所。我查着地图去坐公共汽车，查着地图去买二手的家具。我已经在 UBC 接受了职位，就要申请把我的家人接过来。我的大女儿已经在密歇根大学读书，自己申请转学就过来了。我的小女儿因为不是加拿大公民不能就读公立中学，我就先给她办了个私立的中学，拿到入学许可给接过来了。但最成问题的是我先生，我先生不是学生，我就到加拿大移民局去，我说他是我的眷属，我先生和我女儿都是眷属。你知道加拿大移民局怎么说？他们说不是，你不能把他们作为眷属接过来。我说我女儿不是我眷属吗？他说，不是，连你都是你先生的眷属，而且我一定要冠上我丈夫的姓。所以我不能接他过来。我就去找了系主任，我说我先生如果不能过来，我就不能在这里留下，然后他就给了我先生一个名义，一个 research assistant（研究助理）的名义，然后我先生就过来了。我就跟我先生说，加拿大男女真是不平等，你们都不能作为我的眷属，我们都是你的眷属。他说，当然啊，当然啊。本来有一句话可以反驳他，就是你是家长为什么不养家？但是这句话我不能说，他最软弱的地方我不能刺他，所以我就一句话都没有说。诗中还提到我行前算过一卦。当时我在台湾的辅仁大学教学，由于辅仁大学远离台北市，就安排了一辆交通车来接送老师们去教书，跟我同车的一位老师是南怀瑾先生。我们都是教中文系的，在一个休息室。南先生很健谈，谈到诗词，他知道我也写作诗词，于是让我拿我的诗词来看，他说我写得很好，要拿去出版。我的第一本诗集就是南怀瑾先生介绍给台湾商务印书馆出版的。后来他知道我要到美国，南先生让我去算个卦。具体内容我已不记得了，其中有两句："时地未明时，佳人水边哭。"当时我并不懂。可是后来我在想，当时美国去不了，台湾也回不去，加拿大也不确定，真是"时地未明时"。虽然我不是什么佳人，但我的确在水边哭，因为温哥华就靠近水边。

我开始用英文教书后，就又写了一首诗《鹏飞》。

鹏飞
1970 年春

鹏飞谁与话云程，失所今悲匍地行。
北海南溟俱往事，一枝聊此托余生。

《庄子·逍遥游》开篇说"北冥有鱼，其名为鲲。化而为鸟，其名为鹏"，说其翼若垂天之云，那大鹏张开翅膀像垂天之云。我说的是当年我刚毕业的时候在北平教书，后来在台湾教书，我教书就喜欢"跑野马"，广征博引地发挥，用自己祖国的语言，教自己同文化的学生。我现在要拿英文去教书，不要说"跑野马"了，简直就是跬步难移。我本来可以在天上飞，现在只能在地上爬了。"北海南溟俱往事"，北京和台湾都已回不去了。"巢苇鹪鹩"还是《庄子·逍遥游》里的典故，如今我只好安身在加拿大了，在此度余生了。

梦中得句

我说我的诗是自己跑出来的,有时候还不是清醒的时候,是做梦的时候跑出来的。那时我常常做两种梦,一个是梦到我回去用母语给我的中国学生讲课,一个是梦到我回到辅仁大学,在什刹海附近,我的老师顾随住在那里,梦见跟我的同学到我老师的家里去,整个后海长满了芦苇,我走也走不出。我还梦见我回到老家,那是一个三进院落的大四合院,我进了大门,每一扇房门和窗都是密封的,我哪里都进不去。有时候我也梦见我的母亲来了,我遍体鳞伤,我母亲说要把我接回家去。

我梦见我用母语讲课,讲到一副联语,醒来还记得,联语是"室迩人遐杨柳多情偏怨别,雨余春暮海棠憔悴不成娇"。杨柳、海棠都是植物,"室迩人遐"是《诗经》上说的,"其室则迩,其人则远"。杨柳多情,可是杨柳总是被人折断,总是在离别。"雨余春暮"是说雨后春天已经迟暮,海棠花都憔悴了,失去了娇美的颜色。

后来还做梦,梦见了几句诗,我只记得两句:"换朱成碧余芳尽,变海为田夙愿休。"这两句是自己在梦中出现的,后来我醒来就想凑两句吧,可是怎么也凑不好。于是，我就借用本来写诗就说不清道不明的李商隐的两句诗"总把春山扫眉黛，雨中寥落月中愁"。之后我又梦到两句"波远难通望海潮，硃红空护守宫娇"。前一句中的望海潮是词牌名。后一句说的是，古人考验女子的贞洁，就用朱砂喂壁虎，等到壁虎的通身都变红的时候，把女子的手臂刺破，把红的壁虎的血揉进去，这个红的斑点就留在那里了。如果女子不贞洁，这个红点就消失了。这是男子所做的对于女子的考验。我说我愿意持守住我的品节，这还不是男女的品节，是为人处世、做人的品节。

还有第三首诗：

一春梦雨常飘瓦，万古贞魂倚暮霞。
昨夜西池凉露满，独陪明月看荷花。

这首诗前三句都是李商隐的诗句，只有最后一句是我的。我喜欢荷花，在月明的晚上，天上的明月照着池里的荷花，露珠在滚动。我说的都是持守，人的持守，还不是男女的贞洁的持守，是你做人的持守。你在污秽的尘世走一遭，你被它沾染了多少呢？你能够持守住你的清白吗？我以前写诗说"入世已拼愁似海，逃禅不借隐为名"，只有天上的明月，与我相陪欣赏荷花的美丽。

回国探亲

我既然是这么怀念我的故乡，我就很想回去，可是我没有办法。那时候我还拿的是台湾的旅行证件，一直等到1974年加拿大和中国建交了，我想我应该可以回去了吧。所以我就去申请，申请回国探亲。那时候我没想到我能教书，那时是"文化大革命"，如果我在中国恐怕也早被批斗了，我也没有勇气回来教书，我只是回来探亲，盼望我能见到那将近三十年不见的家人、朋友、老师、同学。

我拿的是台湾的旅行证件，从温哥华坐飞机到香港，香港的人说不许我出机场，只能在机场等着第二天转机去北京。这是我后来为什么申请了加拿大公民的缘故，因为当时用台湾旅行证件回大陆太困难了。这是没有办法的一件事情。

我还是回来了。那个时候探亲旅游都是由国家的旅行社替你安排，而且你要知道，我是生于军阀混战的时候，经过了多少患难困苦。现在说我们祖国站起来了，真是不再受列强的压迫。我是满心的兴奋，即使我不能教书，但我们国家好了，那是多么好的一件事情！我想我们当时海外的华人都觉得中国站起来是难得的。我回国探亲，就写了《祖国行》，是两千几百字的长诗，比《长恨歌》还长三四倍呢。

我为什么写这么长的诗，因为我有这么多的话要说，但是现在我不能把两千多字都给你们看，所以我只是写了开头几句：

祖国行长歌（节录）

此诗为1974年第一次返国探亲旅游时之所作。当时曾由旅行社安排赴各地参观，见闻所及，皆令人兴奋不已。及今思之，其所介绍，虽不免因当时政治背景而有不尽真实之处，但就本人而言，则诗中所写皆为当日自己之真情实感。近有友人拟将此诗重新发表，时代既已改变，因特作此简短之说明如上。

卅年离家几万里，思乡情在无时已。
一朝天外赋归来，眼流涕泪心狂喜。
银翼穿云认旧京，遥看灯火动乡情。
长街多少经游地，此日重回白发生。
……

代后记

"卅年离家几万里",三十年了,从一九四几出去到一九七几才回来。"思乡情在无时已。一朝天外赋归来,眼流涕泪心狂喜",后来,台湾报纸上大标题骂我:"叶嘉莹,你在哪里?"可是你想,人情同于怀土,中国与加拿大建立了邦交,我怎么能够不想回家看看呢?所以我就回来了。而且那时候我真是高兴,我到香港,他们不让我出机场,后来我到广州搭了飞机回来,然后当飞机快飞到北京上空,我远远地看到一排灯火,我就想象那是不是西长安街呀?西长安街是我当年常走过的地方,我家就在西长安街现在的民族饭店的对面,那是我们家的后门。当我看到这一排灯火时,我就流下眼泪来了。我轻易不流眼泪,我不为我私人的忧患悲哀而流泪,但那时候我真是流下眼泪来了。飞机飞到北京的上空,我看到长街灯火才流下泪来。我的一个女同学,也是辅仁大学中文系的,她说她是坐火车回来的。她从澳大利亚回来。她说她是在广州一上火车一路流泪流到北京。现在的同学你们真没有办法想象,现在你们交通如此之方便,电脑上就可以马上谈话,还可以看到人在那里,哪里想象得到我们当年几十年的离别,音信不通的悲哀痛苦。

痛失爱女

我好不容易能回到我自己的老家，也见到我故乡的亲友，那是1974年。我那个时候很高兴，我觉得我现在也回到祖国了。到了1976年，那时我五十二岁，年过半百，两个女儿都相继结婚了。我大女儿结婚后不久，小女儿也结婚了，我平生只有那时候真正高兴过。我想我劳苦了一辈子，两个女儿都成家了，这个担子可以放下来了，我很高兴。

那一年旅行，我从温哥华先飞到多伦多看望我大女儿，她和她先生在多伦多，然后到我小女儿那儿，到费城。那个时候我在旅途上真是高兴，我想我这一辈子这么劳苦，现在总算是安定下来了，两个女儿都成了家，我以后常常可以从西岸的温哥华飞到东岸，看望大女儿，看望小女儿。我的幸福感只有飞机上短暂的片刻。我才到小女儿家，当天晚上就接到电话，我大女儿和女婿开车出了车祸，两个人都没有了。这就是我所遭遇的。没有人可以想象。我也很少把我悲苦的事情向人家诉说。当年我被逼用英文教书，我回家都不埋怨。我不能说我怎么劳苦，让我父亲烦恼，我也不能让我两个女儿觉得到我有这么沉重的负担。我常常想到《世说新语》上谢安谢太傅说的一句话，他说他中年以后，在外面的政治上有很多忧苦不为人知的事情,"恒恐儿辈觉"。我常常恐怕我年轻的孩子发现我的悲哀愁苦,"损其欢乐之趣"。她们年轻人应该欢乐,不要把我的忧愁烦恼告诉她们,所以我从来不跟任何人诉说我的这段事情。我心里觉得有一点幸福感的时候,只有那一年在飞机上飞去探望我两个女儿的短暂时间。因为这个不幸的消息,我写了十首诗。

一九七六年三月廿四日长女言言与婿永廷
以车祸同时罹难日日哭之陆续成诗十首

噩耗惊心午夜闻,呼天肠断信难真。
何期小别才三日,竟尔人天两地分。

惨事前知恨未能,从来休咎最难明。
只今一事余深悔,未使相随到费城。

哭母髫年满战尘,哭爷剩作转蓬身。
谁知百劫余生日,更哭明珠掌上珍。

万盼千期一旦空,殷勤抚养付飘风。
回思襁褓怀中日,二十七年一梦中。
早经忧患偏怜女,垂老欣看婿似儿。
何意人天劫变起,狂风吹折并头枝。

结褵犹未经三载，忍见双飞比翼亡。
检点嫁衣随火葬，阿娘空有泪千行。

重泉不返儿魂远，百悔难赎母恨深。
多少劬劳无可说，一朝长往负初心。

历劫还家泪满衣，春光依旧事全非。
门前又见樱花发，可信吾儿竟不归。

平生几度有颜开，风雨逼人一世来。
迟暮天公仍罚我，不令欢笑但余哀。

从来天壤有深悲，满腹酸辛说向谁。
痛哭吾儿躬自悼，一生劳瘁竟何为。

后来我把我在温哥华 UBC 的退休金捐了一半给南开大学，成立了两个奖学金：一个叫驼庵奖学金，是纪念我的老师顾随先生，他的号叫驼庵；一个是永言奖学金，大家以为我用的是《诗经》里的《毛诗序》的"诗言志，歌永言"，其实不是。"永言"两个字是我的女婿永廷和女儿言言他们两个人的名字合成的。

我从1945年毕业教书到现在，没有停止过，连产假都没有休，而且在台湾教了三个大学，在北京教了三个中学。我在北美教书的时候，每一年三月底UBC考完了，我就回到中国来。而且有时候我在UBC拿半薪，然后请求休假，跑到中国来义务讲学。到最后我退休的时候，我从1969年工作到1989年，没有拿到全额的退休金，因为我1969年到1970年去的时候，是临时留下的，我在UBC不满二十年。我教书教了六十多年，没有拿过一笔完整的退休金。在加拿大拿到的是我的唯一的退休金，台湾没有给我退休金，当然大陆更不会给我退休金。

"何期小别才三日，竟尔人天两地分。"小别三日，我是先到我大女儿家里，然后到我小女儿家。离开时，我大女儿送我上的飞机，不过就是两三天以前的事情。"惨事前知恨未能，从来休咎最难明。只今一事余深悔，未使相随到费城"，我当年真应该带我大女儿一起到我小女儿家就对了。当年我母亲在火车上去世，临别没有说过什么话，我的大女儿和女婿是出车祸去世的，也没给我留下话。"哭母髫年满战尘，哭爷剩作转蓬身。谁知百劫余生日，更哭明珠掌上珍"，我真是没有想到，我的命运是如此的不幸，我年过五十看到两个女儿都已先后成家，刚刚有一点幸福感，老天就给我这样一个惩罚。

接下来就不念了，直接说一下第九首诗："平生几度有颜开，风雨逼人一世来。迟暮天公仍罚我，不令欢笑但余哀。"我以为我好不容易走过了患难，可是没想到，上天马上就给我惩罚。可是，我这个人，还是从痛苦之中站起来了。因为我在想，也许人只有把一切都失去以后，才真的能够做出一些个事情来。真是心断望绝之后，你什么都失去了，什么都失去，是死而后生，所以后来，我就申请回国。

申请回国

纪游绝句十一首
1977年夏

其一

诗中见惯古长安，万里来游鄠杜间。
弥望川原似相识，千年国土锦江山。

其二

天涯常感少陵诗，北斗京华有梦思。

> 今日我来真自喜，还乡值此中兴时。

1977年我跟我小女儿再回国探亲时，我大女儿已经不在了。那个时候我们到了西安。我是教诗的，教唐诗，唐诗里都是长安城的故事，所以我说"诗中见惯古长安，万里来游鄠杜间"。我去了杜甫生活和走过的地方，经过了少陵原的一个黄土坡，我说我要在这里照个相。我小女儿还说这有什么好看的，你干吗要在这里照相？因为那是少陵原，那是杜甫当年的所在。"弥望川原似相识，千年国土锦江山"，我当初只是在诗中看到杜甫住在少陵原，现在我是第一次看到少陵原，但它在我的记忆之中，在我的感情之中，存在了这么长久，是"千年国土锦江山"。

"天涯常感少陵诗，北斗京华有梦思"，我在台湾教书，在美国教书，讲杜甫的诗。杜甫有一句诗，"夔府孤城落日斜，每依北斗望京华"，我当年在台湾讲这句诗，每次讲眼里总是溢出泪水。那时候两岸音信不通，隔绝了十几年，我真是不知道什么时候能回到我的家乡。可是我现在真的回来了，是"今日我来真自喜，还乡值此中兴时"。"四人帮"倒台了，我觉得我们祖国大有希望，于是我就动了回国教书的念头。后来高校恢复了，我就想我应该回去教书，我们中国诗歌真正的灵魂毕竟是在我们祖国啊！我把诗歌翻译成英文讲给外国人听，没有深刻的共鸣在里面，所以我就想我要回来教书。

我虽然动了这个念头，但是我不知道国家让不让我回来教书。我就给当时的国家教委写了一封信，说了一下我的生平和经历，希望我能回来教书。当时出去寄信时，心有所感，写了两首诗：

向晚二首
1978年春

近日颇有归国之想，傍晚于林中散步成此二绝。

其一
向晚幽林独自寻，枝头落日隐余金。
渐看飞鸟归巢尽，谁与安排去住心。

其二
花飞早识春难驻，梦破从无迹可寻。
漫向天涯悲老大，余生何地惜余阴。

我在温哥华的家出了门就是一大片树林，我要走到邮局去寄信，要穿过这一片树林。那是傍晚的黄昏，树梢上有一层金黄色的落日余晖，归巢的飞鸟陆续投入林中，所以我说"向晚幽林独自寻"。我从门前这一片树林走过，我在寻思我能不能回去，我应不应该回去，我的选择是对还是错。"枝头落日隐余金"，我们说"一寸光阴一寸金"，树梢上的落日余晖是不会久存的，它转眼间消失了。而我当年已经五十四岁了，所以"渐看飞鸟归巢尽"。我还能够回去吗？"谁与安排去住心"，我跟谁来安排，跟谁来商量我应该不应该回去呢？

"花飞早识春难驻，梦破从无迹可寻"，那是暮春，温哥华满街都是花树，我家前面的那条街都是樱花。我寄信的时候正是暮春季节，一阵风来，花飞万点。树上的樱花，地上的落英，风一吹随风乱飞。春天是不会长久，不会停留的。你说要回去教书，你人生能不能实现你的理想，你只说你想要回去想要回去，如果你不能真的回去，那就只是一个梦，你没有实践啊。我要回去就应该实践，而不能只说我想回去。

当时我还在等待消息，国家批准不批准我不知道。1978年，我又填了一首《踏莎行》。

踏莎行
1978年冬

黄菊凋残，素霜飘降。他乡不尽凄凉况。丹

枫落后远山寒，暮烟合处空惆怅。　　雁作人书，云裁罗样。相思试把高楼上。只缘明月在东天，从今惟向天东望。

重归故土

后来，我回到了我的故乡，见到了我的老师跟我的同学，约了很多当年的大学同学聚会。

赠故都师友绝句十二首
1979年

其十一

读书曾值乱离年，学写新词比兴先。
历尽艰辛愁句在，老来思咏中兴篇。

其十二

构厦多材岂待论，谁知散木有乡根。
书生报国成何计，难忘诗骚李杜魂。

"读书曾值乱离年，学写新词比兴先"，在大学读书时，我们当时都学习写词。词表面上看起来都是男女相思怨别，可是很多写男女感情的词，里面是有很多深层意思的。当年我们在大学念书，我的老师有一句词"小红楼外万重山"，用的是李后主的"无限江山"，所以我们那个时候是"历尽艰辛愁句在"，而现在是"老来思咏中兴篇"。我希望我们中国真的是在"四人帮"倒台以后走上一条建设的康庄大道。

"构厦多材岂待论，谁知散木有乡根"，建设祖国有的是人才，我是一个不成材的散木，但是我的根在故乡。"书生报国成何计，难忘诗骚李杜魂"，我回来还是教我们传统的诗词，诗词还是在我的心中，我要把诗词中的感发生命传播下去。

我们的诗词，经过千百年，现在能够传下来的，那都是精华之作。不管是屈原的《离骚》，陶渊明和杜甫的诗，还是苏东坡和辛弃疾的词，真的是精华。普希金有一句诗，意思是说我要用我的诗歌的真情感动那些善良人的心。我想给他改一改，不是"感动"善良人的心，是用诗歌的真情"感发"人的善良的心。你看人家辛弃疾写"一松一竹真朋友，山鸟山花好弟兄"，张载说"民胞物与"，那种爱人爱物、爱国爱家的感情都在我们的诗词歌赋里。这么美好的东西，我觉得如果我们年轻人不能够欣赏，不能够理解，真是太可惜了。我所知有限，我不是一个很好的学者，但是我有一份感情。我愿意把我所体会的，诗词里面的感发生命，让年轻人知道，所以我就回来了。可是我也发现，人生总是会走弯路，国家也走很多弯路，所以我也曾写过一首诗说：

高枝
1993年

高枝珍重护芳菲，未信当时作计非。
忍待千年盼终发，忽惊万点竟飘飞。
所期石炼天能补，但使珠圆月岂亏。
祝取重番花事好，故园春梦总依依。

"高枝珍重护芳菲"，如果说高枝是我们美丽的诗词大树，我真想珍重地把它美丽的枝叶和花朵留下来。"未信当时作计非"，很多人说你为什么要回去呢，我不以为我当时的打算是错了。"忍待千年盼终发，忽惊万点竟飘飞"，我们等到千年，我真是希望我们祖国的那些古代的诗人词人，他们美好的感情、美好的心灵、美好的志意、美好的情操，在诗词里面的那一份感动，能让我们继承下来。如果所有人都变成唯利是图，那么心灵就都死掉了。我们说人是动物，食色性也；但人毕竟不等同于禽兽，人之所以异于禽兽者几希，就因为人有一点灵性。如果说动物追求食色是本能，人有这种本能则罢了，你不能有更高一层的追求也罢了，但你不能比动物还堕落啊。动物不会造假，不会说谎，不会骗人，不会害人，不会贪赃枉法，人难道连动物都不如了吗？我说我的盼望"所期石炼天能补，但使珠圆月岂亏"，古人传说天破漏了一块，女娲炼石补天。我们希望自己能炼石补天。老埋怨天怎么漏了，只能使那个漏洞更大。这做的不是补的工作，是破坏的工作。古人传说"珠圆月满"，我的珠当然是不圆了，如果每个人都珠圆，那月亮就是圆的。我常听人说这个也不对那个也不对，但他所言所行同样是恶劣的，甚至还更加恶劣，那他有什么资格去骂呢？每个人只要能尽到自己的力量去做好就可以了。"祝取重番花事好，故园春梦总依依"，这是我的希望。

荷花因缘

我再说一说我自己和荷花的事情吧。南开大学里我最欣赏的风景，就是马蹄湖里的荷花。那时我住在南开的专家楼，离马蹄湖很近。我就看到那荷花怎从水里面长出来，怎么怒放，怎么美丽，可是到了秋天，荷花就凋落了。我曾经写了一首诗：

七绝一首

南开校园马蹄湖内遍植荷花，素所深爱，深秋摇落，偶经湖畔，口占一绝。

萧瑟悲秋今古同，残荷零落向西风。
遥天谁遣羲和驭，来送黄昏一抹红。

秋天来了，荷叶就枯干了，荷花就零落了，所以我说"萧瑟悲秋今古同"，宋玉的一篇赋说"萧瑟兮，草木摇落而变衰"，"悲哉秋之为气"。屈原说"日月忽其不淹兮，春与秋其代序。惟草木之零落兮，恐美人之迟暮"。从屈原、宋玉到杜甫，到我们现在，是"萧瑟悲秋今古同"。荷叶开始残败，荷花开始凋零，"残荷零落向西风"。可是我在走过马蹄湖的时候，发现还有一两朵荷花在那里开着。天上是斜阳，是落日的余晖，遥远的天空，是谁遣羲和驭？羲和是驾着车赶着太阳出来的神，所以羲和是太阳神。遥天之上，是谁驾着车来，"来送黄昏一抹红"？现在荷叶荷花已经零落了，还有一些残留的时候，天上有没有最后的黄昏一抹红照在荷花上？我已经是八十多岁，快九十岁了。有一天跟学生们在南开的校园中散步，那时也是"九月既望之夜"，差不多同样的季节。"长河影淡，月华如水，小院闲行，偶成此阕"，这是在南开的校园中散步的时候写的。

鹧鸪天
2000 年

> 庚辰九月既望之夜，长河影淡，月华如水，小院闲行，偶成此阕。

> 似水年光去不停。长河如听逝波声。梧桐已分经霜死，幺凤谁传浴火生。　花谢后，月偏明。夜凉深处露华凝。柔蚕枉自丝难尽，可有天孙织锦成。

"似水年光去不停"，真是，我们的人生像流水一样，你回首前尘，像流水一样地消失了。不用说人间的流水不停，我抬头，看到银河，"长河如听逝波声"，我好像听到银河的水也滔滔流逝。"梧桐已分经霜死"，梧桐经霜就死了，我经过这么多患难，八九十岁的人了，按本来一般的植物生命来说，应该已是经霜死了。

"幺凤谁传浴火生"，人们说凤凰能够浴火重生，传说中的那凤凰真的能够浴火重生吗？"花谢后，月偏明"，作为一个衰老的人，花是谢了，可是月亮还是这么明这么亮。"夜凉深处露华凝"，那荷叶上还是有露华的。"柔蚕柱自丝难尽，可有天孙织锦成"，我如果像一个吐丝的蚕，"春蚕到死丝方尽"，那没有办法，那是它的本能，它的生命就是要吐丝的，吐出来的丝，那年轻人能够织出一片锦缎来吗？那我不辞劳苦地东讲西讲，年轻人究竟能从我所讲之中得到一些什么呢？

后来我还写了一首《鹧鸪天》。

鹧鸪天

2001年

> 友人寄赠"老油灯"图影集一册，其中一盏与儿时旧家所点燃者极为相似，因忆昔年诵读李商隐《灯》诗，有"皎洁终无倦，煎熬亦自求"及"花时随酒远，雨后背窗休"之句，感赋此词。

皎洁煎熬枉自痴。当年爱诵义山诗。酒边花外曾无分，雨冷窗寒有梦知。　　人老去，愿都迟。暮看图影起相思。心头一焰凭谁识，的历长明永夜时。

代后记　255

灯这个东西，就是点来照明的。它宁可燃烧自己散发光明，终无倦怠，它要点燃自己受到煎熬，它生命所求的就是如此。李商隐说油灯也有快乐的时候，古人曾说"只恐夜深花睡去，故烧高烛照红妆"。可是你孤独的时候，寂寞的时候，寒夜冷雨的时候，人家把灯吹灭了。我看到老油灯，就想到李商隐的这些诗句了。我没有过过什么好日子，我都在忧患劳苦之中，没有福分享受到酒边花外的快乐，我没有享受灯的幸福，我只有"雨冷窗寒有梦知"。"心头一焰凭谁识，的历长明永夜时"，我内心的一点燃烧，是我所爱的诗词，我也愿意我所爱的诗词，年轻人都能够爱它。我像一盏灯，光明还是在那里的。我也不是那么悲观。我还是在南开，我喜欢马蹄湖，我喜欢荷花，总写荷花。

浣溪沙·为南开马蹄湖荷花作

又到长空过雁时，云天字字写相思。荷花凋尽我来迟。　莲实有心应不死，人生易老梦偏痴。千春犹待发华滋。

我们说雁是可以传书的，它们要排一个"人"字，代表相思的感情。9月荷花都凋零了，我来得太晚了，我回到祖国教书也来得太晚了。荷花虽然凋零了，但是我知道荷花可以结成莲子，又落到泥土里。我曾经看到一个考古报告，说他们掘出古墓里面汉朝的两千年前的莲子，居然栽培养活了。所以我说"莲实有心应不死，人生易老梦偏痴"，我已经八九十岁了，可是我的希望、我的愿望，是年轻人仍然能够知道我们诗词之中的那一份心灵、那一份感情、那一份理想、那一份志意，还能够因此感动。那莲子不是两千年以后还能发芽吗？我们的古典诗歌有那么好的东西在里面。曾经有人访问我，问我们古典诗歌的将来还有希望吗？我说有的。因为诗歌不是死的，它不是死板的文字，其中有千百年来那些诗人的感情、志意、理想。只要有少数人，有几个，哪怕有一个人心不死，他看到这些诗词都会喜爱的。

绝句二首

2007年6月

连日愁烦以诗自解，口占绝句二首。首章用李义山《东下三旬苦于·风土马上戏作》诗韵而反其意，次章用旧作《鹧鸪天》词韵而广其情。

一任流年似水东，莲华凋处孕莲蓬。

天池若有人相待，何惧扶摇九万风。

不向人间怨不平,相期浴火凤凰生。

柔蚕老去应无憾,要见天孙织锦成。

(注:李义山原诗《东下三旬苦于风土马上戏作》:"路绕函关东复东,身骑征马逐惊蓬。天池辽阔谁相待,日日虚乘九万风。"《鹧鸪天》旧作,即上文所选之"似水年光去不停"一词。)

李商隐的原诗说的什么呢?"路绕函关东复东",李商隐一生都是困顿潦倒不得意,他总是在路上。他从函谷关向东走,向东是长安,是他的理想、他的抱负所追求实现的地方。李商隐说过,他是"欲回天地入扁舟",我要挽回天地,然后我就隐居入扁舟。而现在他是"身骑征马逐惊蓬",我骑着一匹疲倦的老马,随着风沙,一路东行,迎面扑来的是中国北方的风沙。"天池辽阔谁相待",《庄子》上说北海的鱼变成大鹏飞到南海,南海也就是天池。天池那里有人等待我吗?我有一个可待的期望吗?"日日虚乘九万风",我不知道我此去能得到什么结果。我只是白白地随着风沙,日日在路上奔走,随着那飘蓬在风中飘转。这是李义山的诗。可是我说,我是反其意,我用他的韵,不用他悲观的感情。我说"一任流年似水东",我任凭我像流水的年华逝去。"莲华凋处孕莲蓬"，我相信莲花凋了有莲子。"天池若有人相待，何惧扶摇九万风"，只要有一个莲子，只要有一个莲子发芽长叶，我就没有白白劳苦，所以"何惧扶摇九万风"。第二首说什么呢？我这么柔弱的一个老人，我老去，我希望我没有遗憾，我只是希望年轻人，你们把我吐的丝，织出一匹锦缎来，"柔蚕老去应无憾，要见天孙织锦成"。

这个讲演题目让我回顾了我的一生。我走到诗词里边，诗词也走到我这个人里，我也希望把这美好的诗词，留给年轻人。

本文据 2011 年清华大学演讲整理而成

刘冰亚 整理

出版说明

历经数千年风雨沧桑的中华文化，绵延至今，生生不息，滋养着中华文明的持续发展，也成为当今世界重要的精神资源。

中国国家主席习近平在纪念孔子诞辰2565周年国际学术研讨会暨国际儒学联合会第五届会员大会开幕会上的重要讲话中鲜明指出，中华文明不仅对中国发展产生了深刻影响，而且对人类文明进步做出了重大贡献；强调要认识今天的中国、今天的中国人，就要深入了解中国的文化血脉，准确把握滋养中国人的文化土壤。

当前，我们正逢急剧变化的时代和文明格局，更为迫切需要读懂中华文化的博大精深，建立全面认知自身历史的版图；我们也需要对传统文化进行创造性转化、创新性发展，重新挖掘其被遮蔽和误读的内在价值；我们还需要在不同文化交流和多样文明对话的场域中，有能力充分展现中华文化的精髓和智慧。

由国际儒学联合会发起和支持、活字文化策划组织的这套"中华文化新读"丛书，因此应运而生。

丛书以对中华文化的前沿研究为立足点，汇集各领域当代重要学者的原创成果，以新视野、新维度、新方法阐释传统文化，以鲜活的语言深入浅出地解读我们的历史和思想，大家写小书，国故出新知。是为宗旨。

二〇二一年九月